红 戈 壁

曾其祥 著

克孜勒苏柯尔克孜文出版社

新疆电子音像出版社

图书在版编目(CIP)数据

魅力文丛 / 卓尔主编.—阿图什:克孜勒苏柯尔克孜文出版社;乌鲁木齐:新疆电子音像出版社,2003.12 (2009年12月重印)

ISBN 978-7-5374-0484-6

Ⅰ.魅… Ⅱ.卓… Ⅲ.故事—作品集—中国—当代

Ⅳ.I247.8

中国版本图书馆 CIP 数据核字(2003)第 125254 号

丛 书 名	魅力文丛
主 编	卓 尔
本册书名	红戈壁
作 者	曾其祥
责任编辑	郑红梅 刘伟煜 张莉涓
书籍设计	党 红
版式制作	卜建晓
出 版	克孜勒苏柯尔克孜文出版社 新疆电子音像出版社
地 址	乌鲁木齐市西虹西路 36 号
邮 编	830000 电话:0991-4690475
发 行	新华书店
印 刷	三河市华晨印务有限公司
开 本	850×1168 毫米 1/32
印 张	4
字 数	65 千字
版 次	2009 年 12 月第 2 版
印 次	2009 年 12 月第 1 次印刷
书 号	ISBN 978-7-5374-0484-6
定 价	298.00 元(全十一册)

目　录

第一篇:中国西部铁路建设巡礼

写在前面的话

我们要永远赞美建设者们,当有形的丰碑高高矗立,当凝固的乐章遍地奏响,艰苦卓绝的建设者们已无影无踪,重要的是——我们要把他们记在心里,虽然他们平凡如丰碑里一粒沙石,平常似高楼大厦中一根钢筋……

新疆生产建设兵团工一师的建设者们,就是这样的,他们给众人的印象:一是看不见而可想象的,并完全能肯定的"大艰苦";二是可以看得见他们修建的、现代文明的、凝固美丽的可视物。

当高楼大厦拔地而起直耸云天,当桥梁横空出世使天堑变通途,当钢铁大动脉像沙漠中的脊梁延伸,当条条大路似网密布天山南北,当水利枢纽滋润了万顷良田……人们已看不见昔日工地上顶着狂风冒着严寒酷暑,走过沙漠跋涉戈壁,忍耐着缺水忍耐着常年的寂寞——那些在今日文明中远离文明却建筑文明的一群以奉献牺牲为荣的人们……

在计划经济时代，一纸命令，一串口号，千军万马就奔赴到了罕见人烟的风口山巅和沙漠深处。那时，这支队伍是奉献；奉献的不仅是汗水浓血，奉献的是青春时光甚至生命……

在市场经济的今天，在物质利益为人们当今主要行为的轴心时，这支队伍仍然是奉献。我们在算经济账，却更多的是在算政治、算国家的经济账，他们仍是一群付出大于得到的奉献者……

时代需要这样的一群奉献者，人类社会永远需要有无数为理想为事业而甘愿奉献的人……

他们为祖国大西北矗起一座丰碑。比起钢筋混凝土，比起沙石土所拌和起的那些有形文明标志所不同的是，他们用的是青春和血汗，用的是一种精神与时空，与山川河流、大漠戈壁、城市乡村的无形拌和，成为更伟大的一幢幢美丽的"建筑物"……

新疆生产建设兵团工一师就是一支特别能吃苦，特别能战斗，最能体现兵团精神的队伍，是一群本可得以高歌颂扬而常常默默无闻的实干家……

路在"手"上

人类的社会属性决定了人们的必然联系，而一切联系都离不开路。无论是乡间小道、山崖栈道还是公路、铁路、水路以及航路、航天之路……路是人类文明的智慧结晶，路使人们从封闭愚昧走向文明，从感性混沌走向理性。路不仅是文明的标志，更是理性的标志。

而路在文明以前，可引"路在脚下"来说明。人们从远古的自然意识处走出自然之路；而在文明化的人类社会中，路应在"手"上，是人们思而结果、行所修筑的通向文明升级的一种可视观念。

古人因水记山，因地记事，"所有山陵城邑等地理沿革，风土人情，以及各种历史故事和神话传说，都有详赡叙述"（《中国史稿》），惟少记载修路。

难怪古人逢山为阻，临水谓险，看来是多为路愁！江山如此多娇，而"天高路险"，实则"引无数英雄竞折腰"。笔者偶发奇想，为何古人不像今人为某一目的先修路呢？比如"要想富，先修路"之类。仔细琢磨，原来路是与生产力紧密相关的,也是与人的"理性"观念紧相连的。尽管在殷墟武官村出土了奴隶社会时期的司母戊875千克大方鼎,标志着生产力的大发展,但没有记载修路,当然也没有为今人留下完全标志的路。路在今日有形,而在远古,直观的路成不了文物。人行则为道,道为路,人们过多重视或无奈于"路在脚下",感性认识和路意识结合,使其为历代英雄豪杰望山望水望路而叹!才有诸如建安三十三年曹操率大军夺回汉中,望刘备据"险"固守而退长安"蜀道难,之遗憾……东晋安帝义熙年间,狮子国(斯里兰卡)派使者前来,送晋安帝一尊佛像,因为天堑无通途,经十年之久才运到中国……"

没有过多仔细修路的记载,并不是完全没有,也不可能一寸路都不修,更不是没有人走路。路在脚下,路在时时刻刻,行则成路。仅在魏晋南北朝时,通往西域的商道就有南、中、北三条,历史使其走出了具有意义的丝绸之路。秦汉以来,中国与中亚、西亚、印巴次大陆、印度尼西亚、南洋与朝鲜、日本等都有"密切往来",可见人们并非"不识途",而为什么对修路和护路很少有专门记述呢?

路与生产力互为制约。在某种意义上,路就是生产力,生产力的一个重要标志就是路……漫漫的历史长卷,五千年华夏文明,路是贯穿其中的经纬线。而在蒙昧后文明时代,路可能是战争,关系一切经济政治活动,决定胜负成败。路,就是政治,为军事政治某一目的,才会有诸如"明修栈道"之说。延续而来的一句古话曰:"修路架桥是善事",其实不然,只要在阶级社会,有阶级压迫与斗争,路便是阶级斗争的工具。旧时代那些有形无形的漫漫之路,那密匝的路辙,留下的除了刀光剑影的战争权斗,便是阶级的说教。留下一部人类最长的历史浩卷,却没有给子孙留下多少真正的路,或者说留下了一条落后挨打受辱之路……从 1852 年英国诞生第一条铁路起,1860 年 ~1928 年美国就修建了五万多千米铁路,而同时期一个偌大的中国,直到 1876 年才有那条淞沪轻便铁路,到 1894 年,总共才有 360 千米铁路,而且自主铁路才占 21.1%,路是证人,是历史,路记载一切,承载着一切……

"大步""飞跃"留下的故事

兰新线上的建设者，我们把视线拉回到古丝绸之路上的 40 年前，聚焦新疆与甘肃交界处以内，让我们从一位当年建设者的回忆中领略新疆生产建设兵团工程第二师大战兰新线，打通内地与新疆连接之通道的情景吧。

20 世纪 90 年代末的一天"轰隆隆"，"轰隆隆"……列车在兰新线新疆境内红柳河、哈密段呼啸着驶过。

车厢里一位 80 岁的老人计算着列车要到"大步"、"飞跃"站了，就来了精神，急切地趴在窗口向外望着。窗外仍千篇一律地展示着寸草难生的苍凉，黑黝黝的山包和灰土色装帧着广袤深远的戈壁，偶见路旁的野草，随列车通过而抖擞着，仿佛在振臂呼唤寻觅 40 年前那些熟悉的身影……"大步"、"飞跃"两个小站的几幢小平房和几株树影一掠而过，在老人眼前闪过得太快了，仿佛瞬间闪过的是往日岁月，老人的双眼湿润了。

老人的孙子问：

"爷爷，您在找啥？"

"找人……"

"哪有人呀?您看,窗外什么也没有呀?"

"有……"窗外有将军,有士兵,有千旗猎猎,万人会战,有遥远而激荡人心的往事……

"你知道刚才过去的小站为什么叫'大步'、'飞跃'吗?"

爷爷问孙子,孙子摇摇头。这两个站太小,不仅特快列车不停,而且也不报站名,甚至在地图上都没有标注……而对当年奋战在兰新铁路线上的千万官兵来说,数千千米的铁路,每一粒沙石,每一节钢轨,每一个站,都永远记录在他们心中。这位老人是40年前参加兰新铁路建设时的新疆兵团工一师前身工二师师长傅志华。"大步"、"飞跃"站一带的铁路,是他们人生奋斗中的一座丰碑。

1958年春,新疆乌库(乌鲁木齐~库尔勒)公路刚举行了通车典礼后,自治区党委又把修建兰新铁路的工程任务交给了新疆生产建设兵团,由当时任兵团政委的张仲瀚亲自组织指挥。

由乌库公路天山达坂撒下来的施工部队,正在乌鲁木齐集结,逐队向兰新铁路线进发。前后峡开来的汽车上,满载着的筑路官兵,来不及多休整又翻越天山开拔工地。官兵们士气高涨辆辆汽车上插着红旗,歌声阵阵,一片热火朝天的会战景象。1958年4月18日,傅志华师长正率员待命在乌市紧张检查筑路设备,通讯员急促向他报告:

"张仲瀚政委请你到他那里,还有任务向你交待。"

傅志华师长急步奔向兵团办公大楼,一下推开会议室大玻璃门,只见张仲瀚政委已在那里等他。张政委穿着一身笔挺的浅灰色制服，像一位教员。张政委神采奕奕，精神焕发。见到傅师长后，马上把他引到挂在墙壁上的大地图面前，拿起地图的指示鞭，指向红柳河、哈密、吐鲁番一带说：

"你看，这段路是瀚海，是大山区啊！是风沙地带且无人烟，修筑乌库公路是战高山严寒和冰川，这一段路可就不同了，是战酷暑、战严寒，还要战风沙啊！这又是一条新疆各族人民的幸福之路。"张政委详细告诉傅志华那段路是新疆境内施工条件最艰辛的，不仅有许多明摆着的艰险，还有许多难以预测的困难，让傅师长他们须有充分的吃大苦、耐大劳的思想准备，张政委接着说：

"我们兵团承担这条铁路的修筑任务，是光荣的，义不容辞的……你们承担的任务很重啊！现在自治区党委已批准，你们乌库公路指挥部，整编为生产建筑工程第二师……"

说时，张政委在地图上长长地划了一条由红柳河直达国境阿拉山口的路线，那有力的挥臂，至今仍深刻地印在傅师长的记忆中。

布置基本停当，张政委的司机已站在他的旁边，催促他去机场。他匆忙地看了一下手表说："我今天要去北京开会，还要请示给你们再调一些运输汽车……"临走，张政委千叮咛万嘱咐傅师长说："要注意施工安全，要尊重当地民族风俗习惯，我从北京回来，一定到工地上去看望同志们！"

说完，就急匆匆地上路了。根据张仲瀚的指示，傅师长立刻部署了全线，进入施工部队驻扎在永乐镇。

永乐镇是个小集镇，是内地与新疆连结的老公路上的一个重镇，距腾格里山区铁路施工线还有 60 千米，镇上居住的多是维吾尔族群众。部队依照张政委指示精神，和过去战争时期一样，不住民房，不进村庄，集结在镇东头一大片戈壁滩上搭帐篷宿营。

部队驻扎后，马上进入施工。部队进山，遇到最大的困难是缺水。山里气候干燥，施工沿线尽是秃山荒岭，沙丘起伏，一望无际。每当烈日当头，便汗流浃背，焦炽的沙土烫人。穿上衣服，浑身是汗水泥垢；脱了衣服，臂脖被晒得层层脱皮，汗水滴在泥土上连个湿印都看不见。施工回来，部队战士们干渴难耐，要喝水，洗脸，洗脚，洗衣服，哪有那么多水呢？女同志困难更大了，她们的头发里积满了沙粒，头皮发痒，全身都起了痱子。当时，一个连队只有一个拉水车，而且要从几十千米外拉水，为此，解决水的问题，成了首要难题。

尽管部队尽量节约用水，女同志把长发剪短，为的是少洗头，但是，仍解决不了问题。为此，各部队纷纷就地找水。

傅师长所管辖的 11 团七连和许多个连队一样成立了"找水"小组，一班长陈春年，医生刘光俊，工人张万发三位同志主动抢着报名去找水。

第一天，他们跑了几十里山路，绝望地回来了。第二天，他们终于在十几千米处一座沙丘中发现了一棵枯树，枯树周围还有一片白茫茫的碰硝。陈春年说："这是火硝，火硝是吸水的。"他们三人把覆盖在地表的白硝除掉，果然刨出了湿沙土，再往下挖，果然找到了水。他们三人高兴地跳了起来，陈班长舀了一缸子先尝了尝，只叫："哎哟，水是苦的。"刘光俊说："这也好，可以洗衣服，洗脚，打炮眼……如果能化学处理一下，做饮用水，那就更美了。"

　　夕阳西下时,他们带着满心欢喜,挑着一担水向连队走去。在他们下一陡坡时,山头上突然阴云密布,接着一阵狂风扑面扫来后,顿时,狂风大作,昏天黑地,沙土似野兽怒吼乱扑打过来。一只水桶吹翻了,人被吹得东倒西歪,陈班长奋力保护着仅剩的半桶水。他们彼此已听不清呼喊,只有狂风在肆虐,风卷着沙尘,使呼吸都困难。

　　他们在12级狂风中搏斗着,随着沙海巨流被席卷推操着……

　　陈春年、刘光俊、张万发三人紧紧拉着手,在风中一波三折,只听刘光俊"哎哟"一声,摔倒了,陈春年奋力抓住刘光俊握着的扁担,突然,扁担"叭"一声断了,顷刻被暴风吹散……

　　当夜已深了,七连的官兵热泪盈盈,心急如焚。傅师长听到此消息,连夜布置人力,并亲自带员在出事地点方圆二三十千米处找,由于风沙太大,各路均无结果。

　　第二天黎明,被风沙层层埋住的陈春年被部队的号声叫醒了。原来,他被风暴卷在路基旁,半埋在沙中,他听出了另一个连队的起床号,便像个沙人似的,跌跌撞撞站起来,猛然,一阵钻心疼痛,他又倒了下去。原来,他的右脚踝骨已折断了。陈班长咬着牙,忍着异常疼痛,大汗淋淋艰难地爬向五连……

　　张万发醒来时发现被埋在沙丘里动弹不得,他精疲力竭想用双手刨沙,才发现右臂动弹不得,他的右臂已骨折断了。他以惊人的毅力,坚韧地在沙丘中移出身体,踉踉跄跄也跑到了五连……

"刘医生呢?"陈春年、张万发找到后,部队官兵更紧张了。傅师长命指挥部发动全线再次四处奔找,仍没有刘光俊的影子,数天后,仅在一座很远的小丘的小枯树上,找到了刘光俊的红十字挎包……

当时,大家都认为刘光俊光荣牺牲了。

此次沙暴,把许多帐篷吹走了,汽车玻璃也被风刮起的石子打碎,设备被风沙石子打得麻麻点点。

但是,首遇沙暴,为部队总结了驻扎经验,根据陈春年他们找水经验,还推广到整个施工线,许多连队找到了水,用苦水洗澡、洗脸、洗脚、洗衣服、湿法打炮眼。

然而,由于刘光俊的身影消失,官兵们心里充满着悲伤。

营地周围的维吾尔族群众了解到施工部队受袭,纷纷送来食物干果。维吾尔族老大爷衣塔木对部队官兵说:

"不管刘医生在不在人间,我得设法去找他。"

张仲瀚政委听说部队遭到了暴风袭击,从北京一回来,带着兵团文工团 30 人直奔施工工地慰问。为此,还专门给部队调来了 50 辆汽车和水罐,并配备了工地报话机。

张政委到工地看望官兵,现场指导施工后,当夜来到傅师长设在地窝子的会议室,和傅师长一起研究施工。张政委望着地窝子一条标语久久驻足,标语上写道:

"斩断天山腰,砍掉天山头,誓把风沙变通途!"

张政委不仅仔细询问工地施工情况,并十分关切地询问刘光俊的寻找情况,连夜张政委听了工地各指挥部汇报,直至夜里一点多钟。傅师长见张政委从北京回来直奔工地,又连日劳累,悄悄告诉司号员早晨不准吹起床号,不要惊醒了张政委。

其实,张政委哪能睡得着?

劳累了一天的官兵已酣睡了,傅师长在迷糊着,似梦里听见"哗啦、哗啦"的声响,睁眼看时,只见张政委仍旧在桌子上翻阅地图和施工图纸,马灯使张政委的投影罩住了地窝子半壁墙……

地窝子窗户刚发白,傅师长还在梦中,只觉被拍了一下。傅师长睁眼看时,张政委的被子已折叠得整整齐齐了。

傅师长随着张政委出了地窝子,向一个小坡走去。

"七连在什么地方?"张政委问。傅师长知道张政委一直惦记着刘光俊而彻夜难眠,指着远处一个山包说:"在那里。"

张政委伸出右臂目测了一下说:"大约两千米,咱们去七连看看吧!"

傅师长陪着张政委顺一条山梁走去,早早地到七连看望了官兵。

"刘医生有消息吗?再找一找吧!"张政委首先就问刘医生的事。

七连连长李传忠汇报说:"永乐镇衣塔木爷爷带路,还有我连的卫生员,团卫生所的宋所长已去深山寻找了……"

张政委来到工地,和官兵一道谈天说地,看着战士们裤筒挽到膝盖上,光着脚板穿着回力鞋推车如飞,他也挽起衣袖,和傅师长各推着一辆车加入了推车运碴的行列,一干就是半天。

中午吃饭的时候,部队上下像传捷报一样传来消息:

"刘医生找到了!刘医生找到了!"

张政委惊喜地加快脚步和傅师长一道走到团部会议室,会议室大桌子头上坐着衣塔木老大爷和部队两名去找刘医生的人员。

张政委和大家都急切问寻找情况。

衣塔木老大爷详细地讲了到一个畜牧队时找到了已伤势很重的刘医生。刘医生是幸遇地质探井队的人而被搭救。

张仲瀚政委总算一块石头落了地,露出了来工地后一直没有的笑容,深情地握着衣塔木老大爷手说:"谢谢您了!老人家。"

八十多岁的衣塔木老人流出了激动的泪水。

张仲瀚政委感慨地对在场官兵们说:"刘医生真是拾了一条命啊!没有群众,我们的部队怎么能活得成呢?"

腾格里斯山此处,是丝绸之路一条古道,以前曾有十三间房,因风太大而迁移了,至今仍留传着"大风"和"飞沙"等地名。

张政委问此地两个小站的名,有人建议根据古传地名而命名。一个叫"大风车站",一个叫"飞沙车站"。张政委思忖很久说:"虽然这里因风大和飞沙而名,兰新线通车后,不要叫人们一进新疆就感到害怕。"张政委建议说站名要鼓舞人的,使人们奋进,融入部队敢于拼搏、敢于改变一切的奋斗精神的内容。

此后,张政委又问起傅师长:

"大风和飞沙这两个车站的名字改过来没有?"

"已经改过来了。"傅师长说出了他的想法:大风车站已改为大步车站,就是大步前进的意思;飞沙车站已改为飞跃车站,就是飞跃前进的意思……

张政委拍着手高兴地说:"你们改得真好,正合我的心意呢!"张政委说,"我们的部队不怕一切艰难困苦,我们的战士敢于为祖国建设牺牲自己的生命,这两个车站名象征着我们大步飞跃,奔向未来,任何艰难困苦也挡不住我们……"

岁月烟云散尽,在兰新千里线上,当年鏖战荒原的筑路大军早无踪影,然而,他们用信念、理想、青春、血汗和生命留下了古丝绸之路上一条畅通的钢铁大动脉……

大漠的脊梁

1999 年 12 月 6 日上午，古丝绸之路重镇喀什阳光明媚，新建成的喀什火车站上鞭炮震响，鼓乐齐鸣，三千多各族群众身着节日盛装，载歌载舞，沉浸在一片喜气洋洋中……随着中共中央政治局常委、全国人大常委会李鹏委员长开剪，并发出"同意发车"令后，第一辆披红挂彩的民族团结号列车在鸣笛声中徐徐启动。

世人注目的国家重点工程——"南疆铁路库喀段"(库尔勒～喀什)正式交付使用了……三百二十多万喀什各族人民期盼了多少年的南疆铁路终于全线贯通……疏附县帕哈太克里乡铁木尔·依明老人，是两次给毛主席和江总书记写信的一位 78 岁的村民，当他看到火车驶到了家门口，兴奋得难以言表，他说，还要给江总书记写信，告诉党的总书记"南疆铁路已经修通了，帕哈太克里乡人民永远不忘记共产党的恩情……"

南铁通车现场，在彩旗飘扬、歌舞声声中，人们看到醒目的工一师代表队伍。作为三支主要参战队伍之一的工一师,三年多时间里,每年万名筑路人在千里战场上奋战。此时,他们激动的心情难以言表。他们高擎着"修好南疆铁路,造福各族人民"的大横幅,汇入欢庆的海洋中。同时,他们豪迈地让世人知道工一师的贡献,表达"工一师筑路大军誓为南疆铁路再立新功"、"弘扬兵团精神"的决心。

65岁的维吾尔族老人买买提明·阿不力孜对工一师驻南铁记者说:"我第一次见火车,也是第一次坐火车,火车真好呢,吃饭的地方有呢,睡觉的地方也有呢,'方便'的地方都有呢。"

当21世纪的钟声即将敲响之际,南疆铁路的通车,无疑也是参战的工一师儿女献给祖国新千年之交、世纪之交的一份厚礼。

随着党中央"开发大西部"战略的实施,新疆的发展迫在眉睫,而新疆的发展怎么能离开铁路?南疆在新疆经济中所占比重很大,拥有106万平方千米,占新疆总面积63%,石油、天然气蕴藏总量分别为全国七分之一和四分之一,还是我国最大的棉花生产基地,是新疆实施"一白一黑"战略的主要依托。同时,由于南疆与五国接壤,有众多通商口岸,旅游资源丰富,各方面开发利用潜力很大。千百年来,西域地处偏远,交通不便,成为人们心目中一片神秘而遥远的地域。南疆铁路的建成,无疑是南疆766万各族人民群众的希望所在,也是1700万新疆各族人民的一条致富路、团结路、幸福路、文明路。

说南疆铁路,参战的万余工一师筑路健儿会豪迈地说:这一伟大工程,每一方土,每一个涵洞,每一架桥梁,都凝结了我们的血汗。

从兰新线到南疆铁路，是共和国建筑史上必然的鸿篇巨作，倾注了党和国家最高领导人的心血。

新中国成立后，毛泽东主席在庆贺天兰铁路通车时发出了继续修建兰新铁路的号召。兰新线建成后，南疆铁路修建提到国家建设日程上。20 世纪 70 年代初，周恩来总理亲自审查了南疆铁路的设计方案。

作为"结束南疆无铁路历史"的见证人、实践者之一——"南疆铁路筹建办公室"主任傅志华，回忆起他率 1.5 万人奔赴艰苦卓绝的南铁吐库段（吐鲁番～库尔勒）时，心情格外激动。

1973 年 2 月 15 日，周总理批准了第一期工程：吐鲁番大河沿至乌斯托 245 千米，自治区党委、新疆军区党委责成兵团抽调 1.5 万人配合铁道兵施工。3 月 25 日，兵团在石河子召开了南疆铁路工作会议。

"南筹办"在当时历史条件下形成了"四边"：边组建、边上路、边准备、边施工。凭着党性和过硬的政治素质，凭过硬的战斗作风和拼劲，这个"333 部"（三个老头，三张桌子，三个凳子，一个公章）就鸣锣开张了。

当时正值文革后期，诸多条件都不具备，但是实践检验他们创造了奇迹。且不说南疆铁路的各方面存在的艰巨性与复杂性，仅 1.5 万人上路，粮油供应就十分困难。上路的部队只带了半个月粮食，为了盖地窝子，要求每人上路带一根木料。当时正值青黄不接的春季，筑路者只得吃馍馍蘸盐水。

傅志华回忆说："有一阵儿，在自建的工地医院里，就有几百人，前后共有千人次住过院，危重伤病人也有百余名。

我永远惦记着和静县巴仑台喇嘛庙的那个烈士陵园,有几十名筑路人在那里长眠。"

中央、自治区、兵团领导不仅全力关怀关照筑路大军,还尽一切可能配备物资。在修建中,王震和谷牧副总理,多次出面为筑路大军划经费添车辆调度人力等。

1980年,南疆吐库段全线竣工。铁道兵在总结中写道:

铁指(铁路工程局)是一支强大的地方筑路力量……由新疆生产建设兵团抽调部分人员组建而成。这支队伍以20世纪60年代支边青年为骨干,配备了强有力的领导班子参加修建南疆铁路。他们长期扎根边疆,在条件差、设备简陋、环境艰苦的情况下,坚持施工,最高人数达16万人。从1974年初上场到1980年退场,六年多时间,始终服从调动,听从指挥,前后搬迁多次,转战吐库段全线。他们发扬了自力更生、艰苦奋斗、勤俭干事业和吃大苦、耐大劳、连续作战的精神,共完成正站线路二百多千米,为吐库段全长的42%以上;土石方872万立方米;修建隧道12座,延长6573米,其中包括古代冰川堆积形成的施工难度很大的扎亥萨拉冰碛垄隧道;完成桥梁4728米,包括南疆线最长的哈尔嘎哈特大桥;涵渠5400米;铁路房屋11万平方米,以及上碴整道其他工程。他们因陋就简,因地制宜,精打细算,施工速度快,工作效率高,工程质量好,所担负的工程,都保质保量提前或按期完成,为修建南疆铁路做出了重大的贡献,多次受到自治区和上级表扬。在幅员辽阔、人烟稀少、交通不便的边陲,他们是一支很强的施工力量,在今后的铁路建设和社会主义建设中,将会发挥更大的作用。

"吉卜赛部落"群像

南疆铁路西延工程又打响了。而时间跨越二十年后,筑路人的贡献意义更大了, 设备更好了, 而人的艰辛仍同当年。如今市场经济下,"算账"成为标志。如果说,兵团建设者当年修兰新线南疆铁路吐库段时,在低工资、低福利待遇情况下是一种奉献的话,如今,如此艰苦,依然卓绝的付出,是否可有索要的资本呢?

2000 年 2 月 17 日,隆重召开了"工一师南疆铁路工程表彰大会"。

师党委常委、副师长,南疆铁路工程常务副总指挥王维均动情地说:

"兵团工一师作为此次会战的主力,在 975 千米南铁工程中独立承担了全线所有的土石方工程、涵洞工程、站后房建工程和部分小桥,在三年零三个月时间里,完成土石方 3692 万立方米,涵洞 2580 座,小桥 46 架 921 延米,房屋 39 万平方米⋯⋯完成产值近 14 亿。"

南疆铁路不仅倾注了师党委领导的心血,也牵动了工一师七万建设人……在 1999 年 12 月 6 日的通车典礼上，工一师副师长王维均、二团总工程师桼汉进、七团基础公司沙桩机机长姜洪林、八团团长张益飞、运输公司职工李勇获得了"开发建设新疆"奖章，并对工一师特机公司等四家单位同授此誉。

承接此艰巨工程初期，工一师人就说过：南疆铁路是关系到国家和自治区一条有重要意义的路，我们迎着困难上，倾之所有，不遗余力，坚决干好此项工程，在社会主义市场经济的今天，闯出工一师的牌子。

他们知道，这是一条倾注党中央、国务院巨大关怀和殷切希望的路。

正当工一师万名筑路大军奋战在历史名城喀什的 1998 年 7 月 5 日这一天，中共中央总书记江泽民视察了南疆铁路建设工地，亲切地问候筑路人的生活和施工情况。

1995 年 9 月，时任国务院副总理朱镕基亲自视察部署了南疆铁路建设。

1996 年 9 月 6 日，在南疆铁路正式开工时，人们不忘时任国家总理李鹏寄予的无限希望……时隔三年后，现任中共中央政治局常委、全国人大常委会委员长李鹏听了南疆铁路施工汇报后说："他们创造了中国铁路建设史的奇迹！"

多年来，工一师转战南北，跋涉在人烟稀少、气候恶劣的戈壁、沙漠、高山、大河处。为此，他们须常年吃住在车上、地窝子、临棚里，常常用旧棚车或旧客车改造成的宿营车，一节一节东移西游，跟着南铁路基向前而前移，随着项目完成而转移。他们在新疆大地上形成了一道风景——"吉卜赛部落"。

　　"吉卜赛部落"一次次创造中国铁路建设史上的纪录，留下了塔里木盆地里的一条钢铁巨龙!

新时期的艰苦

　　仍然要讲讲筑路人的苦,讲讲他们的艰辛,因为一个跨度约半个世纪的同等艰苦,在新时期是很难为人相信的。许多人认为那种近乎原始的为筑路而不得不过着的"日子",那些超乎今人想象的艰苦的卓绝可能是历史,是过去回忆中的事情,是今人讲的历史故事。尤其在今天许多人讲吃讲穿讲生活的一切条件时,当许多人天天吃着新鲜食品,而注重营养结构,关注长寿科学的生活饮食起居时,当一些人已腻烦吃肉而特别青睐高蛋白而不使自己发胖或引起疾病时,筑路人在筑路时的生活标准可能与之相差几十年。也许,他们的使命特点使他们大大"折寿",然而,他们却默默地甘愿忍受缺菜缺鲜缺水甚至缺氧,常年奋战在工地上。

　　《人民日报》在关于南疆铁路建设者奉献纪事文中说:"南疆铁路建设工地生存环境之恶劣,自然条件之艰苦,在中国铁路建设史上当属罕见。"

工地环境

南疆铁路段的恶劣环境可以说是为众人所知所信所叹！它的自然环境之恶劣可谓登峰造极至极限。筑路大军只能接受和适应战胜它的肆虐。

盛夏，地表平均温度可达 40℃～50℃，强烈的紫外线照射，使他们个个黑如高原人。工一师机施公司一位本来挺白净的技术员，一次回来取资料，提着包在乌市公共车站候车回单位时，其有过路者说他"可能是西藏来的"。为此，他陷入苦恼，竟忘了上车。但他想到弟兄们还在工地暴露着的皮肤在发红、灼烫、起泡、蜕皮时，也就不顾别人的看法了。

工地上"来往"最频繁的"客人"是风，风是真的"三天打鱼，两天晒网"，每次来势汹汹，至少五六级，还隔三岔五来一场沙暴，沙暴袭来沙土飞扬，昏天黑地，能见度只有几米，人无法行走，车难以行驶，连帐篷也时常被掀翻。唐朝诗人岑参那首"轮台九月风夜吼，一川碎石大如斗，随风满地石乱走"的描写，至今仍然"管用"。

"吃了为原则"

"民以食为天"、"吃饱为原则"等民间"哲理"，讲得都是对吃的一种最平常的期望。而在工地上，筑路人吃饭往往只有"象征"意义，尤其在高温酷热下，没有新鲜蔬菜或别的可口食品，吃饭的确成了任务。为完成此任务，"吃了"便行——吃多吃少吃好吃坏，那是另一码事。有时，正要开饭，一场沙暴袭来，饭菜里尽是沙子，只好"随便嚼一下"，使劲咽下去了事，"牙不硌为事"。

指挥部为此"头等大事"忙得不亦乐乎，想尽一切办法改善他们的伙食。但是，面对千百里战线，加之季节、交通等因素，大部分时候是"生活在温饱线以下"的。

"人是水做的"

人体的绝大部分是水，因而，水对人体来说休戚关联。水是工地重要的"物质"，虽然配备了专门的拉水车，但水要到百十里外去拉，所以，工地的水也贵如油。在严重缺水的工地"原始"状态下，也有"现代文明"——矿泉水进入。但是，那只能是偶然，大部分时间要喝苦水。工地上有一种"喝"给人留下难忘的印象。由于夏夜高温难耐，劳累了一天的职工并不是我们想象的倒头便睡。帐篷里闷热如蒸笼，就到车下或修建的桥墩下去睡，实在热得睡不着，就有人"咕咚咕咚"喝上许多白酒，在"醉意朦胧"中，安然歇息。常年喝苦水和缺水，他们的牙齿都受损很大，他们得牙病的也很多。

"穿"使他们拒绝"潇洒"

千里无人烟的南疆铁路线上，蚊虫却异常"热闹"，为此,使工地上人们出现了"讲穿讲戴"的"新的一族"。蚊子之众,如团团黑云笼罩在每一个人头顶,人们形容一伸手能抓一把不过分,"大小便拉蚊帐"也非夸张,一讲话就能让蚊子"趁隙而入"不属怪事。蚊子一旦叮着某处,立刻会起红疙瘩,使人奇痒难忍,使劲挠抓,直致鲜血淋淋,有的人为此患了炎症,引发高烧。为此,工地上的筑路人,即使在天奇热之时,也不得不戴上帽子,戒备森严地"穿戴整齐",接受无孔不入的蚊子叮咬,为此,还用妇女专用品——纱巾,蒙头盖脸缠脖,被称为南疆线上"戴面纱的男士",成为一道"穿"的风景!而其他大部分时间,在尘土飞扬的工地上是不可能讲穿的,至于油泥汗臭成为衣物"主旋律",在情理之中。一位著名摄影家在一份杂志封底发表了一幅反映工一师特机公司一群推土机手的照片。他说:其实,工地上那些推土机手没有那么"干净",也不可能围个毛巾披件上衣什么的,那是摆姿势的。因为他们在如浓烟的尘土中,出来后个个"面目全非",只有亮晶晶的眼睛和开口说话时露出的不一定白的牙齿,一概如秦始皇兵马俑!是活着的兵马俑。不如兵马俑的是,他们实际上只穿了个大裤头……

修路者"行路难"

筑路人"逐路而行",工程到哪儿,哪里就有蜘蛛网般的车马之行的自然道。

笔者在喀什通车前曾去工一师某个工地。在狂颠乱筛中向"工地小区"艰难挪行,往往冲下一个缓坡,立刻就有如絮般厚密的虚土掩前窗而来,车行在虚土造就的"波浪"中,几千米路走了半小时,此过程中,大部分时间是在"冲浪"似行过的。

路上虚土,最厚有半米,这些虚灰堆积路面,一有风吹草动,就像流质物风生尘起,灰土飞扬,遮天蔽日,车过时,如同行进水中,不时冲起一股股"土浪",厚实的扑打在车窗上,像一床棉被盖了上来,这时,车要么停下来,等"浪"滑下去,可以看清路再走,要么就凭感觉慢行。工地的车大都密封很差,车里的情景就更糟糕了,灰雾浓密狭小的空间,呛得人喘气艰难。走过此段路程下车时,人人如同从灰中捞出。车停在风口时,打开四门"放灰",车如同被引爆,乱灰如烟,夺门而出。

施工便道因其简陋,又因为只有他们行走,经常会把车辆陷住甚至颠覆,加上当时通讯落后不便,那时的他们,就会叫天天不应,呼地地不灵,不得不受冻挨饿或雨淋日晒,发生过多次致伤致残甚至生命危险的事故。

他们没有埋怨,有道是:正因为如此,为了大家走上好路,我们才要好好修路啊。

"社会人"的精神食粮

无论他们在何处施工,无论那里怎样与世隔绝,建筑人都是浑身印满时代烙印的"社会人",物质的极度匮乏或许

能凭精神与毅力去战胜,而"精神文明"范畴的文化生活之
匮乏实在与日新月异的时代节拍难以迎合。也许,现代高度
文明少不了这种巨大落差者的衬托和付出。

由于工地不断前移,在物质供应面临施工困难时,"精
神食粮"也同样"跟不上时代的步伐"。筑路大军中以中青年
居多,他们有着"两个文明"同等重要的渴望。"家书抵万金"
此时充分在 20 世纪末又表现出来。往往"百日一遇"的一封
家信引得一群筑路人喊的哭的叫的狂的,什么形态都有。

指挥部想尽一切办法,尽力将成捆的报纸(也顾不了新
闻的"新"了),将成捆的杂志带到工地,顾不了多与少、新与
旧。但有时还是解决不了,往往"一张报纸看到烂,一本杂志
传全员"。有的单位有人要去工地了,便命各办公室"紧急"
收罗所有报纸杂志,把他们"剩下的""精神食粮"带给精神
上饥渴的兄弟姐妹们。

筑路人远离都市,远离单位,远离亲人朋友,有的一年
只能回来一次,有的春节也得留在工地上,思乡思亲人之切
而又难以千里听音,鸿雁传书。为此,他们忍受着现代人难
以接受的寂寞。那种煎熬使个别人患了恐慌病。

尤其是工地上的女将们,有的还是几个月、一两岁孩子
的母亲,夜幕降临时,正是她们偷偷抹泪的时候。

为此,工一师党委不仅考虑到筑路工人的寂寞生活,不
仅为他们尽可能送去演出队、电影、书报,办起"工地流动书
箱",还拨出专款购买了卫星电视接收设备,有的单位还配
备摄像器材,还发明了录相寄情高招:把工地上职工的家庭
情况录上像,送到工地上让他们一饱眼福,望形自慰。

当筑路工从录像中看到自己的亲人，看到年迈父母殷切目光，看到娇妻或丈夫企盼的神态，看到儿女大哭大叫自己时，从公司领导到每位职工，无不抱成一团，大哭一场。抹完了泪，又较上了长龙西延的"劲"。

千秋伟业平凡人

　　65 岁的贾毅,1953 年毕业于长沙工程兵学院, 从事桥涵 42 年。一次工地在浇灌桥梁托盘、台帽、道路碴槽时,他决定一次性浇灌。为保证质量,他连续 24 小时不休息,他说:"修桥是我毕生的事业,我已修建了大中桥多座,我要求有生之年修 100 座,为南疆铁路再出一把力。"

　　个体户张德龙是老建筑工人,他有 12 台推土机、铲运机,一年可净挣数十万元。正在他干得起劲时,南疆铁路开工第四天,他接到工一师三团领导电报:"火速前来报到。"张德龙二话没说,当天乘火车前往库尔勒。不料,火车到鱼儿沟因故不走了, 他便花了几百元租车赶到三团南疆铁路指挥部接受任务。有人问他:"一个月才挣 500 元不亏吗?"

　　他说:"作为一名党员, 一位老筑路人, 能参加南铁建设,我这一辈子也算没白活。"

　　1997 年 5 月 22 日这天,工一师八团奋战在轮台区段的筑路人们收到了八团中学小学生的 100 封"激励信":

　　"战斗在生产第一线的叔叔阿姨们: 虽然我们相隔千

里，但我们时刻想念着你们……你们舍小家为国家，在十分艰苦的环境中拼搏，我们虽然出不上力，但请允许我们捎来深情的问候……"八团803项目部党支部书记刘承华含着泪说："对此，我们没有理由不安心工作。"

还有一些事，使人难以忘怀。

治疗脊椎突出要求是不能连续劳累，睡前需作牵引。工一师一团一公司党支部书记曹金生是一位"有幸"患此症并需要绑着牵引架睡觉的书记。

曹金生和同志们从早到晚泡在南疆铁路工地上，劳累袭来，曹金生疼得直冒大汗，直不起腰，双腿肿得连鞋子也脱不下来，但他每天还是奔波于坑坑洼洼的十几千米工地上。有人说："你是书记，不必天天在工地上这样折腾。"曹金生说："我一个人在屋里怎么闲得住？"

为了坚持奋战在工地上，曹金生只好天天绑着牵引架在工地奋战了一年多，这些日子里，没见他请过一天病假。

"老伴是基层领导，我刚到兵团，就是妇女突击队长了。有了孩子，我就辞掉了那个排级干部。你们想，家里有一个当领导的在施工一线奔波，我再当领导，这个家咋办？"现在，大儿子在施工公司当主任工程师，还到过巴基斯坦去修路。小儿子是公司副经理。我生了两男两女，结果我有了三个外孙女两个孙子，对，按计划生育，我多了一个孙子，那是小儿媳生的双胞胎。我伺候他们的爸爸不说，还带大了他们，并且，五个孙子几乎都是我带大的。我算不算为了建筑事业带了儿女带儿孙，献了青春献终身？"这是1952年进疆的"山东大葱"，如今退休在家的赵风英老人的一席话。

这是一个在南疆铁路久传的真实故事。

南疆铁路线上的铁泉,是一个四等小站。这天,这里举行着工地婚礼,新郎新娘已入地窝子洞房,洞房书写着"笑傲风沙结良缘,共牵铁龙过天山"的对联,横批是"天造地设"。

然而,无论新郎新娘如何"笑傲风沙",风沙却不客气也不友好,搅得花烛月夜洞房"惊变"。

工地上闹完洞房后,工地就刮起八级以上大风。新娘此时要方便,怕冲了"新房"喜气,由新郎扶到屋外五六十米处的露天厕所。当夜沙飞石走,尘遮夜月,新郎不慎脚下一绊,新娘一个趔趄,被大风吹的向下坡飞去。当夜,人们打着手电终于在红柳簇里找到了被惊吓几乎昏迷的新娘。

红林是个音乐迷,但她有一"忌",怕听《回家》那首歌——谁动了那根"高压线"都会使她热泪滚滚。

从北疆铁路到兰新复线,再由兰新复线辗转到南疆铁路西延工程中的工一师三团的红林,是一个工地人人都说"本应属于都市的丽人",这道"风景"却久久停留在工地上。南铁工程开始后,她"狠心肠"把几个月的女儿交给已上年岁手脚不便的公婆,随丈夫一道在南铁线上忙碌。

一次,红林因有机会好不容易回了趟家。会走路并会说话的女儿视她为生人。奶奶催着她女儿"快叫妈妈!妈妈回来了!"很长时间,红林才从女儿怯生生的眼神和低低的声音里听到"阿姨"这样的天外之音。

从此,她怕听《回家》那支很美的歌。

祝胜强是工一师一团一名工程技术人员,他平时在家,无所不干,堪称"五好丈夫",而因南疆铁路的需要,他只能在千里外的工地上惦念着正分娩的妻子尚全叶。

为了建设事业,他们婚后四年才决定要孩子。而怀了孩子后,祝胜强正酣战于南铁工地上。家人和朋友劝尚全叶"叫胜强回来吧!"她摇了摇头。当她面临分娩十分恐惧时,她说:"不怕你们笑话,我特想他就在我身边,真的。"

看过电影《女理发师》的人,一定为王丹凤的演技而叫好。而工一师原机施公司南疆铁路指挥部 24 岁的张强华,她被称为工地上真正可爱的义务"女理发师"。

1995 年张强华毕业于兰州铁道学院,1996 年 9 月南铁开工后,她调升工地材料员。

在南铁工地上,随着铁路工程延伸,她已先后转战了四个施工点。野外作业前不着村,后不着店,同志们头发长了成为一大难事,尤其刮风下雨,头发被汗水黄沙粘在一起,影响健康。于是,她下了决心,利用业余时间为大家理发。

有人给她算过账,说她真的是"女理发师"营业的话,她已理发两三千人次,理一次收费 3~4 元,"张强华可成万元户了"。

工一师五团施工员李军伟和张会荣,他俩一个人干几个人的活。4 月的南疆,久旱无雨,地表温度四十多摄氏度,施工便道上浮土四十多厘米厚。三队分了 10 个涵 3 千米路基,他俩每天要步行无数往返于各工地。工程实施交叉作业,晚上趁月光推防洪堤,他们就穿着大衣,打着手电指挥推土机推土。由于车压人跑石头砸,线桩常找不到,他俩就一次次不厌其烦放线。严寒狂风中他俩的身影和周围的胡杨交织在一起,人们称他俩也是"胡杨"。

　　工程监理孙绍舞为他们感动，问这两个似胡杨的年轻人最想做的事是什么时，李军伟和张会荣说："只想好好睡一觉。"

向筑路人敬礼

　　王东宏和梁书俊都是重庆建筑学院的毕业生，都是工地技术员。这两个"知识分子"，分别找的是工地炊事班的沈芝梅和医生茅俊辉。两对恋人婚期临近时，恰逢南疆铁路开工。异常繁忙的大工程使他们都准备推延婚期。然而，各家老人想不通。为此，他们又萌发了在工地结婚的想法，双方老人们更是不能接受，都说"结婚是儿女一生的大事，应该热热闹闹，体体面面。"为此，两对新人为做通老人的思想工作煞费心思。好在终于让老人们想通了：儿女们献身铁路建设，在铁路工地上举办婚礼更有意义啊！

　　1996 年 12 月 28 日上午，婚礼在工地上热闹举行。筑路的同事们用最简朴、真挚的形式为两对新人举行了"隆重"婚礼。

　　他们没有在高档影楼留下倩影，然而，他们的婚礼照依然光彩照人。在他们新婚留影中，有同事们欢乐的笑影，还有领导们送来了"价值不菲"的礼物———一块贺匾，上面烫着醒目的大字："瀚漠深处修铁路，志同道合结良缘"。

拌和机长唐荣明是个孝子，已五十多岁，上海支边青年。

当时，路面上刚做完水泥稳定，即将进入最后一道工序——摊铺沥青路面时，唐荣明收到老家上海发来的电报，告诉他年已 80 高龄的老母亲病重，让他立即乘飞机回沪，老母要见他最后一面。接此电报，唐荣明一屁股坐在地上抱头痛哭。

机组成员都催他上路，领导也同意这个从不轻易请假的人回去探母，并特殊决定让他乘飞机回沪。

从阿克苏坐飞机五六个小时便可回到老母身边，否则，将是孝子终身的遗憾。

唐荣明想到将要摊铺路面，拌和机的运营正常与否至关重要，他毅然决定：等摊铺沥青两天一切正常后再回沪。于是，唐荣明 48 小时忍着悲痛守在拌和机上。

公司领导早已为他买好机票，强行把他送上飞机，然而，此时，他的母亲已去世了。

令大家没想到的是，并没有让母亲见上最后一眼的唐荣明万分悲痛处理好母亲后事后，5 天后，又出现在了工地上。

有人说：工一师的机施公司先进机组机长季树亭对得起南疆铁路而"对不起"妻子。

1996 年秋，南疆铁路开工不久，季树亭的妻子被确诊为乳腺癌并住进医院。在外施工 20 年而与妻子相伴不到 3 年时间的季树亭抑不住泪水横溢。组织上让他回去陪护病危的妻子，他想用日夜精心陪护来加倍弥补 20 年间的"过失"，然而，垂危的妻子与他最后在病房相处一个月后就永远离开了。

组织上考虑到了两个孩子的困难，决定留他在乌市工作。他感谢组织的同时，把待业的女儿送到阿拉沟岳母处，把上初中的儿子交给表姐，又重返了南铁工地。

朱建疆是工一师原机施公司铁路常务副总指挥。三年多时间里，公司完成了南铁工程中占很大比重的工作量。

朱建疆被称为南铁线上的拼命三郎。他率员常年奋战在各工地一线。1996年8月，他又率将士和近百部大中型施工机械开赴南疆铁路线上。

他的妻子荔惠也派到工地负责材料调拨工作。他们把儿子送到了父亲那里。不久，荔惠突发急性阑尾炎，被送到库尔勒医院。在远离家乡亲人的医院里，动了手术的荔惠多么需要离自己不远的丈夫能去照料她。然而，朱建疆正穿梭在工地上，"梭子"穿不到他的妻子那里。为此，荔惠生了一肚子气，准备出院后来个"山洪暴发"。

然而，当她出院见了日见清瘦，因奔波已得了肾积水的朱建疆时，就只有用哭声发泄了怨恨。

家庭的不幸与灾难不仅没压垮这个建筑人中的"巾帼英雄"，她在异常艰难的生活中，在工地上被称为"穆桂英"。

王雪莲，一个三十多岁的矮小瘦弱的女工，她可不是"半边天"，在家庭与工作上称得起是"整片天"。

王雪莲的丈夫开拖拉机不慎压了人，为赔偿经济损失，他们的家庭经济到了崩溃边缘。祸不单行，刚还完账，丈夫又患了严重的肾病，而换肾的十几万元钱足以让他们感到五雷轰顶望而却步。为此,王雪莲照顾着生病在家的丈夫,同时还要赡养没任何生活来源 80 岁的婆婆,她还要带着儿子。一年四季,她家几乎与荤菜无缘,常常连蔬菜也舍不得买,连儿子的学费也常凑不齐。

面对生活的压力,这位建设阵中的女人并没有屈服。她从不向别人讲述自己的不幸与困难,而是始终昂头工作着。

她是工一师三团预制厂的大型屋面板生产班的班长,工作十分繁重,而她拣重活累活干,厂里的活样样精通,在生活与工作的重负中,都说王雪莲不愧是建筑人中的强人,是一朵在寒天里怒放的雪莲花。

筑路者的华章

佳节庆典的街心花园众香国里没有她的娇容，万千人家的阳台居室百花丛中没有她的芬芳……

我曾饱含情谊写过一种叫"海白菜"的植物，在南疆铁路修筑工地上，当春天来到的时候，有一种花，她花高叶阔，色红茎绿，亭亭玉立，风姿绰约，出落得美丽大方，得体自然。她红艳亮丽，风采动人，生长在杳无人烟的戈壁沙土中。开放时，一时间竞相怒放，像万千火把，在燃烧，在跳跃。她的生长为戈壁大漠增添了好一片红情绿意！像是人为摆放，人工精心培育的造型极致的盆景，端置在千百里无垠戈壁。不要嫌她的名字很"土"，她叫"海白菜"，是一种仅能生长在荒原沙漠戈壁缺水多风地带的绿叶红花。她的花期很很短，只有五六天，也许某天清晨突然看到工地一侧万山红遍的她们，而几天之后，便香消融逝。那似万千火把的红花宛若幻梦中一般火红的流星，在梦的天空中一划，便消失在戈壁远处青灰色的雾霭之中。

她们像筑路工人。昨天，工地上可能是千军万马，人声鼎沸,灯火通明,一片翻天覆地的大会战景象,也许一夜之间人声皆无,惟有大路留忆着他们昔日的身影。

筑路人的奋斗,对于路来讲是短的。无论筑路人曾以怎样奋斗谱写着怎样惊心动魄、可歌可泣的建设者壮歌,而当路通时,便注定了筑路人的远去。当我们如今乘着舒适的火车来往于南疆线上时,筑路大军早已无影无踪,惟有远山、戈壁、大漠和笔直的路留下了他们的昔日。

筑路人以自己的血汗生命,一次次完成凤凰涅磐;筑路人的升华与超越,是一首一尺尺长、一寸寸厚的凝固的歌;是青春、热血、希冀与沙石风雨的组合与"混凝"。只有年年春天"海白菜"红色的怒放,才会点燃戈壁沙漠一段难忘的火火的记忆,那红色的精灵萦绕在南铁两侧,写就着筑路者的华章,揭示着现代人奉献与美的真谛。

(2001《绿洲》4 期、2002 年兵团"绿洲文学奖")

第二篇:建设者素描

红戈壁

驱车行驶在古尔班通古特沙漠边缘火烧山油田一带时,突然,我眼前出现一片火红,如同幻景,一眼望去,满山遍野似万千火把,如歌如潮……在新疆生活了四十多年,怎么就没发现如此壮观的红花奇观?

我们急忙停下车,三步并两步下了路基,走入这戈壁红色的奇迹之中。

她真美!我不敢想象,在这荒山灰坡一望无际的沙漠边缘,会有如此红色的花!她的叶宽大厚实,呈椭圆形,三五片墨绿如同涂了一层蜡的大叶,平躺在沙土上,举起一柱高三四十厘米火红火红鳞片组成的花之火,真像一柄正燃烧着的火炬,在绿叶衬托下,花显得分外红艳火爆热烈,一株挨着一株,一片连接一片,把沟沟坎坎铺天盖地遮了个严,纵眼望去,可谓荒漠红遍,戈壁尽染,千万朵红花一时间竞相怒放，像有万千人打着火把在戈壁上火火地涌动着，和着戈壁风阵阵吹来，红花如波，一片风火，像一片燎原的火尽情燃烧……

此花的长成应说是一种奇迹。

她并不因为在这冬寒夏燥缺雨多风的地方，就长得畏畏缩缩，小里小气，花不敢爆，叶不敢张。她扎根深处，从滚热的虚沙土中伸出来，大大方方将三五片巴掌宽大的绿叶平展在沙土上，构筑了红花高擎的奇迹。我冒昧断言，见过她的人不会太多，也许是作者孤陋寡闻，她简直像人为的并经精心培育的一盆盆造型极致的花卉盆景。她花高叶阔，色红茎绿，红艳亮丽，亭亭玉立，风姿绰约，落落大方，得体自然，那挺挺的丰姿花容，俨然一派"阳春白雪"的内质，她大器脱俗，华贵浓彩，楚楚动人，一副大家闺秀的样子……正是生长在这无人烟的荒凉之地，才为大漠戈壁增添了好一份红情绿意，她的出现，使寂静产生喧嚣，使荒凉顿生暖意……

可惜，我们谁也不知道她的名字！

我第一次见到她时正值五月中旬。五六天后，当我再次伫候路旁觅她摄人魂魄的芳迹时，残叶和沙尘掩埋着昔日的娇艳，满眼是戈壁青雾裹着黝黝远山，才几个星期，她就"人面不知何处去，"令人心中像这无边无际的戈壁大漠一般空荡无比，犹如引人入胜的一场梦幻……

她花开有季，花期很短，我为她的美丽绝伦而生就艰难并昙花一现而揪心。

我发现此花后，多方打听而不得她的芳名，几经查阅资料和询问也无从得知。

一阵风吹来,我看到的沙漠依然绵延无尽;戈壁,还是戈壁,广袤而深远;鲜花绿叶与戈壁沙漠,大概只能以这样的存在方式。那似火跳跃的"火炬"之海,已宛若梦中一段火红的记忆,在梦的天空里一划,便消失在戈壁远处青色的雾霭之中……

存在是一种永恒,消失也是一种永恒;而红花当有时,坚实的路基和笔直而默不作声的路之尽头,仿佛在解悟红与绿的真意境界。

好在有路在。有路才有对她的发现;有路,就会有再睹她芳容的时候。

这就要感谢路。大概只有行走在路上时,看到和想到筑路的人。路的一侧堆起的养护料旁,可清晰地看到"筑路工人不怕苦,敢把天堑变通途"、"我为边疆洒热血,愿把青春铺大路"的字样。那是筑路人在公路即将交付使用之际,在戈壁上专拣白色石子,一枚枚镶在养护料堆体上的,每个字都有一平方米大。

戈壁沙漠原本没有路,有一日,这里似突降天兵天将,推土机日夜轰鸣,挖掘机昼夜挥臂,人来车往,红旗猎猎。那些烈日焦烤和寒风尽剥的筑路人,在与路与路边的戈壁说声再见时,他们中许多人不曾再回到自己曾挥汗如雨、融注青春和热血的大路上。他们今朝在东,晚霞在西;今春于南,秋日却北,今年在国,明年往异……每当告别一段他们亲手修筑好的路时,留下的是平坦、是物流、是人往、是繁荣、是生活、是向往……还有路旁人们可以看见的豪言壮语。

　　昨日,这里可能是千军万马,人声鼎沸,灯火通时,一片天翻地覆的会战的情景,也许一夜之间人声皆无,惟有公路和着戈壁的轻吟留下眷念的惆怅……那会战时的万千火红的心跳,曾和她的熠熠红彩交映生辉,留下一片辉煌……

　　只有她每年春天尽情地红色的怒放,点燃戈壁沙漠一段难忘的火火的记忆,那红色的精灵萦绕在大路两侧,写就着奉献者的华章,揭示着美的真谛。

（2000 年《中国建设报》等,《兵团新时期文学作品选》）

执着的女人

有性格的女人才能干大事。

有想法，不服输，面对巨大压力并好胜心强，且有头脑，一定要精明，这样的女人往往会取得成功。

杨秀英就是这样一位了不起的女性。

2003 年，杨秀英作为新当选的乌鲁木齐市政协委员，作为新疆兵团工商业联合会（商会）常委、兵团建工师工商业联合会(商会)副会长，又在为那些老弱病残孤下岗工人等大声疾呼了。她的呼吁受到了与会委员们和市长雪克莱提·扎克尔的好评和重视。

可以说，杨秀英这位从 1993 年至今已用 85.3 万元报答社会的回族残疾妇女，这位今年在自治区残联和《新疆日报》又被评为"爱心助残大使"和"自强不息楷模"，被自治区、乌鲁木齐市评为"十佳成功女杰"的好心人，已不仅限于靠自身的能力了，她的救助目标与日俱增，这是她多年来为贫困群众做好事作为的延伸和精神的升华。

最近，在杨秀英那里，笔者看到了一份认为内容量丰富而篇幅最短的《工作总结》，这里原文照录：

2003 年工作总结

本人于 1983 年因公智（致）残后，每月发 76.64 元的生活费。家有老母和未成年的孩子，生活的需要只好外出打工，1992 年干起了个体户。在多年的经商中，始终从事社会福利事业，曾为社会和老百姓做了一点实事。从 1995 年至今，安排就业人员七百多人，其中有下岗的、退伍的、大中学生、残疾人等特困人员，抚养孤儿、孤寡老人等。2002 年又安排了下岗工人 56 人（28～48 岁），赞劝学生（南疆 10 名特困小学生，2 名汉族、3 名回族、5 名维吾尔族），办起了乌市独家夕阳婚介、敬老院、婴儿院等与老百姓息息相关的公益和福利事业。也是党中央"三个代表"和十六大精神共同奔社会主义小康，把新疆的民营企业做大做强，发挥余热的行动。本人曾多次荣获国家、自治区、兵团、工一师、市、区各民族团结模范、三八红旗手、先进个人等荣誉称号。

总经理：杨秀英

2003 年 11 月 28 日

我们说，这里除了文字和文理上有些欠缺外，又有多少人能写出那些足以用上万字才能说清楚的先进事迹呢？

1998 年 5 月中旬，边城乌鲁木齐经历了一场罕见的暴雨。瓢泼大雨一直下了一天一夜。夜深了，杨秀英站在天和兴清真餐厅的玻璃门里，望着窗外急骤的风雨心里直犯急，她牵挂的是住在几十年前盖的土坯房里的孤寡老人刘树成会不会出意外？万一土坯房在暴雨中浸泡过久支撑不住怎么办？她越想越急，于是，第二天一大早，顾不了餐厅的经营便忙不迭地披上衣服,带着雨伞搭车出了门。

刘树成老人今年67岁,鳏居多年,一个人住在六建四分公司驻地的一间旧土坯房内,下肢瘫痪已20年了。当杨秀英乘车来到位于乌鲁木齐市石油化工总厂附近的六建四分公司刘树成家时,发现墙体和房顶果真已经不行了。她生拉硬扯地把不肯搬家的刘老汉搬进了她为5位孤寡老人修建的敬老院。在第二天的又一场大雨中,刘树成老人原来居住的土坯房终于没有能抵挡得住大雨的袭击,轰然倒塌了。

这件看似巧合的偶然事情,却是杨秀英多年来一直倾心资助关照这些孤寡残老困的必然结果。

杨秀英,新疆生产兵团工一师一位普通的回族妇女,一位1983年就因公致残的退休女工,一位曾被人断言为"永远站不起来"的母亲,一旦坚强地挺起身来,便凭着她那惊人的毅力和务实的勇气闯荡市场,十几年风雨奔波,杨秀英已成为颇为富有、在当地很有名气的女老板。当人们羡慕她财源滚滚的时候,她又以一颗慈母之心去回报社会,把一种女性最朴素的情感洒向了她所说的"和她当年生活一样窘迫的人们。"

工一师的群众不会忘记,当六建四分公司的5位孤寡退休老人因膝下无子感到了孤单凄凉时,是杨秀英出资为他们办起了福利养老院。

76岁高龄的梅熙荣老人患下肢髋关节骨质增生二十多年,在家或外出全靠拄拐杖而行。20年来,杨秀英只要有空,总是隔三岔五地去探望他,哪怕是在自己生活都十分艰难的岁月中,杨秀英也从来没有忘记过对老人的照料。杨秀英说："养老敬老,是我们中华民族的传统美德,我将作长期打算,为他们养老送终。"

杨秀英说到做到。这些困难的人现在都已经作古了,但是,杨秀英的帮助却给了他们晚年永远的记忆。

杨秀英第一次认识维吾尔族老人阿西木时,阿西木刚从南疆行乞来到她的餐厅门口。杨秀英看见这位七十多岁的老人很可怜,不仅管他饭吃,还接济他钱,并作担保人,让阿西木批发馕,在新疆师范大学门口卖。就这样,阿西木还靠卖馕的钱供小儿子在乌市上完了大学。

杨秀英在乌鲁木齐市火车南站见一些来疆打工的外乡人,因一时找不到工作而沿街乞讨。她看在眼里,急在心头,就把他们招呼到自己在火车南站开的饭馆里,提供食宿,并热心地帮助这些背井离乡的来疆务工人员联系工作,主动拿出钱来为他们办理劳务许可证。

有一位二十多岁的青年,因生活无着落沦为小偷。杨秀英把他带到自己的餐厅,不仅为他提供食宿,让他下厨房跟大师傅学手艺,还语重心长地给这位年轻人讲做人的道理。在杨秀英的感召下,这位青年很快学会了一手娴熟的烹饪技术,走上了一条改过自新、自食其力的路。后来,这位青年凭着学来的手艺,找到了一份有固定经济收入的工作,还时常看望杨秀英。

维吾尔族少年买买提明从南疆来到乌鲁木齐时,身无分文。当他从报纸上看到杨秀英的事迹介绍后,抱着试一试的心情来到了天和兴清真餐厅向杨秀英求助。杨秀英拿出50元钱给他买了一个烤羊肉串的烤炉,又给了他20元钱的羊肉,买买提明开始做起了烤肉生意。他不负杨秀英期望,生意越做越红火,后来还发展到了内地走上了富裕之路。

新疆工学院的学生帕哈古丽大学毕业了,等待着她的却是工作无着落。在四处求职,处处碰壁的绝望中她想到了自杀。帕哈古丽从四楼跳了下去,腿摔断了。杨秀英得知这个不幸的消息后,立即赶往医院探望,并把病情已基本稳定的帕哈古丽接到自己家中疗养。望着帕哈古丽那稚嫩的面孔,杨秀英心里一阵阵地发酸。只有小学文化程度的杨秀英,虽然不会给帕哈古丽讲解那些深奥的大道理,但她用自己的亲身经历劝慰帕哈古丽,使她树立起战胜困难、面对生活的勇气。杨秀英像照顾自己的亲生女儿一样天天给帕哈古丽熬骨头汤喝。等帕哈古丽伤势痊愈,杨秀英又安排她在天和兴清真餐厅当服务员,培养她自食其力的能力。4个月后,帕哈古丽完全康复,还找到了称心的工作。当帕哈古丽的父亲从千里迢迢的南疆赶来与女儿相会时,才得知女儿前一阶段的不幸遭遇和杨秀英为女儿所做的一切,纯朴憨厚的老人泪流满面,紧紧握着杨秀英的双手,激动得一句话也说不出来。

塔城博孜达克哈萨克农场哈萨克族职工海拉提18岁的女儿阿依尼因脑瘫在自治区人民医院接受治疗。正当海拉提为积蓄花完、女儿的治疗无法继续而一筹莫展时,杨秀英从自治区慈善总会马莉副秘书长那里得知此事后,毫不犹豫地拿出了1000元钱来到医院,资助阿依尼继续治疗。

杨秀英乐于施善的事迹,通过各种新闻媒体传遍了天山南北。一些下岗、特业人员慕名找到杨秀英,请求在选择职业和干个体筹措资金上给予帮助,杨秀英都满口应允,并通过各处努力帮助这些人员联系经营场所,提供就业信息,疏通联络渠道。前后有一百多名下岗人员和八十多名待业人员在她的热心帮助下找到了工作。

1996年,哈密一位转业军人被拖拉机压断了腿,伤势还没有痊愈便只身来到乌鲁木齐找工作,不料他身上携带的800元钱又被小偷偷去了。这位转业军人万般无奈时,从一张旧报纸上看到了杨秀英的事迹,便拿着这张旧报纸来找杨秀英。杨秀英给了他300元钱,并帮助他买了15箱苹果,这位转业军人便从此做起了水果生意。

新疆师范大学先后有十多名大学毕业生因一时找不到工作,生活困难,杨秀英就让他们在天和兴餐厅一边打工,一边联系工作。

新疆军区驻乌鲁木齐某部队的3名陕西籍战士,来到天和兴清真餐厅学习烹饪技术,杨秀英不但管吃管喝,还发给他们每人200元的生活费。

兵团农六师残孤儿杨新江写信向杨秀英寻求帮助,杨秀英收到信后不但每月给他捐助100元生活费,还积极和兵团农六师有关部门联系,对他的工作做了妥善安排。

兵团六建四分公司青年谭永康父亲早逝,母亲偏瘫,1996年小谭考上了新疆师范大学,可家中经济十分拮据。小谭拿着别人给的杨秀英的名片去找杨阿姨,杨秀英不仅热情接待了谭永康,还从此每月给小谭提供100元的生活费,直到小谭毕业分配了工作。

1992年3月,杨秀英所在的单位因工程开工不足,发不下工资，她立刻拿出 5 万元作为单位的周转金以解燃眉之急。

……

杨秀英的事业越做越大，她的善施范围也在逐渐扩大。杨秀英的天和兴餐馆开到了市中心，百花村饭店旁边七百多平方米宽大的餐厅里，一次就安排了 10 名下岗职工。一些家在和田、喀什的农大、工学院生活拮据的维吾尔族大学生，放了假回不去，就到她那里打一假期的"工"。

乌鲁木齐市新市区民政局管辖的育才孤儿院，生活一度发生困难。1996 年 8 月，当杨秀英得知生活在这所孤儿院里的 18 名少数民族孤儿面临的窘况后，便主动从当年 9 月开始承担起了 18 名孤儿每月 290 元的生活费用。这 18 名孤儿中，有 16 名是维吾尔族，他们最大的 8 岁，最小的只有 3 岁，父母均在和田、喀什地区的一场严重自然灾害中丧生。为了使孩子们感受到家庭的温暖，杨秀英三天两头包车接这些孩子到自己家来，给他们做饭菜、买衣、买鞋，白天和他们玩耍，晚上和孩子同睡一张床，同盖一床被。

那年，杨秀英又筹资金，创办了新疆第一家"爱心婴儿院"，专门接收那些双职工的孩子。目前在这所婴儿院里，最小的孩子出生仅 45 天，最大的也只有 1 岁零 8 个月。

杨秀英是一个传奇式人物，而她又是一个极其平凡的女性。

15 年前，她在工地因一次车祸致腰脊椎受重伤后瘫痪，在床上躺了一年多。她面对未来曾绝望过，可是望着靠她一人赡养的满头银丝的老母和 4 个嗷嗷待哺的孩子们，她才打消一死的念头，凭着惊人的毅力奇迹般站立起来。当时，她每月的病退工资只有 76.64 元。她为了生存养家，不得不给人做衣做鞋。之后，她凭着特有的精明，特别的吃苦耐劳和一贯的诚信做起生意。虽然尝尽了苦头，但终于苦尽甘来，创造了自己的致富奇迹。由此，她对改革开放的政策，有着最深切的热爱。

她一提到邓小平这个名字，就热泪盈眶。

1997 年 1 月 19 日，中国一代伟人邓小平与世长辞。杨秀英——这位普普通通的回族妇女在她开设的天和兴清真餐厅里，特别为邓小平这位世纪伟人开了家庭追悼会。至今，邓小平那含笑的画像依然一尘不染地悬挂在餐厅的正门中央。

"邓小平是我的大恩人，没有他，就没有我的今天。"杨秀英说着说着情不自禁地眼圈开始发红。

她说："邓小平是伟大的善良人，他的善良是让中国许许多多的老百姓过上了好日子……我是一个残废了的女人家，如果不是党的政策好，不是邓小平他老人家，不要说当老板，吃好穿好，恐怕连性命都要难保……有些餐厅酒店，常常供奉着财神和菩萨，我不信这些，因为这么多年来，这些东西没有让我受益。只有邓小平的改革开放的富民政策，才让我彻底摆脱了贫困。如果说人世间有神仙，邓小平就是咱老百姓心中的活神仙……"

对拥有 12 亿人口的中国来说，一个普通的个体户为一代伟人设灵堂，这恐怕十分少见，然而，这纪念却是从她内心深处发出的。

1998年度"全国各族妇女团结进步个人"的荣誉证书颁发到了杨秀英的手中。

从商海弄潮,到扶危济贫,创办社会公益事业,杨秀英以一颗慈母般的胸怀,将爱心无私地奉献给人们,奉献给社会,因而,她得到了社会尊敬的回报。她的餐厅四周墙壁上挂满了"民族团结之花"、"真诚的爱心"、"无私的奉献"、"一片化春雨","孤儿牵动万人心,救孤助孤送真情"等大大小小的锦旗和匾额。这些年来,杨秀英本人也先后被评为自治区"发展慈善事业先进个人",被乌鲁木齐市工商局、个体劳动者协会评为"十星级文明户"、"文明经商户"等等。

一个女人的成功是不容易的,社会应该给予她更多的关怀和支持,这样,这个社会才能更加文明的。

(《新疆日报》、文集等)

什么是最难做到的

写在前面的话：多数人的初期，无不把自己定位于做一个好人，而真正做到做好的人并不多……

为职工群众可以倾其所有，而对自己十分苛刻，一位年近半百的人，从来不抽烟不喝酒，不打牌不跳舞，不知桑拿怎么洗，不知按摩是什么感觉，不知何为护肾松骨，没吃过高档酒宴，没喝过茅台、XO（洋酒），只坐过一次区内短途飞机，没踏出过国境，甚至没游览过内地南方的名山大川，一家三口月生活费不足 300 元，平日里添衣不过百元，买鞋不超过 50 元，内衣毛织品一穿数十年，袜子补了又补，最好的只有一身价值二百元左右的西装，那是开会赴正式场合才舍得穿的……

这就是新疆兵团建工师服务中心主任王新合。

王新合所得甚少，而为他人付出的太多，有人说这是做人奇迹，也有人说他活得太累太亏，甚至有人说他太傻了，白活了一生……

事件英雄的产生可以是一时一事，而道德英雄的产生却要一生。

我们来这样解说王新合的人生……

千朵白花缀挂在千棵绿树上……

王新合职务很低,工作单位条件极差,和我们大多数人一样,都是一般平常人,没有惊天动地的大事可说,没有干"大事"的工作平台,没有创造卓越成就的基础,没碰上能够惊天动地火一把的机会,也找不到可视的形象工程,他的特点就是用高尚道德严格地约束自己的一言一行,从不放过服务职工群众的眼前小事,认真地从小事做起并努力做好小事,且"几十年来一直都那样",不仅成为了职工群众心中的好人,同时也就成了一位好的基层领导。

王新合转眼已去世一年了,我们不想淡忘他……

2005年5月23日,这是兵团建工师干部群众一个十分心痛的日子,48岁的王新合永远地离开了……噩耗传开,建工师机关的同志们沉浸于无比悲痛之中;乌鲁木齐市城边二十多千米远的兵团建工师六建二分公司,按这里职工群众说更是"天塌一般",成百上千职工群众坚持要去看王新合最后一眼,在被婉言劝慰后,他们自发的在整个工区摆开了从未有过的声势浩大的悼念活动,在王新合带领他们捡拾废铜烂铁卖得4000元钱购买的千棵绿树上,挂上了1000朵白花,大门、山墙和市场上,群众自发地书写着"丰碑无字,功劳写进人心;岁月有情,英名载入史册"等横幅挽联,小区门两侧摆满了群众自发送来排成墙的花圈。5 月 25 日是向王新合告别的日子,天气由晴转阴,接着下起了雨,温度骤降了 10℃,瑟瑟西风叫人不住地打着寒颤。为不让风刮倒花圈,62 岁的极困户周淑丰和白发苍苍的冷大爷等几十位职工站在冷风中,静静地扶着自己送给王书记的花圈,生怕花圈倒了损坏了。现场采访的兵团电视台记者感慨说:"一个普通人去世,为什么会让这么多人,尤其是普通人那么难过?"

"我能力小,但我会竭尽全力"

新疆兵团建工师六建二分公司是一家老企业,由于种种原因,经济十分困难,住宅区在乌鲁木齐市西站边侧,一片低屋破房,被称之为"贫民窟"。小区内供电线路老化,停电没水时有发生,院无几片绿叶,地无一块平整,道路泥泞难行,小区臭气熏天,职工群众怨声载道。

2002 年 3 月,王新合担任党委书记兼经理,他上任伊始在职工代表大会上说:"改制后,我们只是非生产性的城边小区,就我们所处的环境条件,不可能很快让大家致富,我能力小,但我会竭尽全力,我们一定要带领职工彻底改变二分公司的环境条件,实现一年一小变,三年一大变。"

对领导这种司空见惯的承诺,群众信任状态有所不同,这不奇怪,王新合心里有数。他暗下决心,不能让群众对领导干部的承诺寒心。他说过,当领导最痛苦的事,莫过于群众不信你。

王新合与党委班子成员调研决定，首先从力所能及的改善住区环境入手。小区道路不下雨遍地是灰，下雨和春天化雪时，到处是稀泥，一脚下去难以拔出，所以，这里的人出门时要在鞋子上套塑料袋，出了大院门才取下来，回来时再套上。三十年来，出门来回套塑料袋，成了二分公司"一大奇观"。

修路没有钱，他们采取职工集一点，企业挤一点，上级帮一点的方式解决。王新合带头拿出积蓄 23000 元作为铺路周转金。在他的带头下，一时间干部职工有钱出钱，没钱义务劳动。在王新合承诺的当年 8 月，一条长 143 米的水泥路面在住区铺成使用。第二年，王新合又决心把住区三纵五横道路全部硬化。筹集的资金不够，王新合又带头捐出 1000 元，同时又向朋友借了 20000 元，再号召大家捐一点，当年 9 月，1685 米的水泥路面又贯穿了整个小区。

三年来，王新合和 10 名机关干部放弃了所有节假日，投入到筑路和改善小区环境的辛勤劳动中。为了感谢二分公司领导为民办实事，职工们专门为自己的当家人制作了"为民修路，造福人民"的锦旗。

居民区用电线路老化，断电事故时有发生，对职工安全潜藏着危险。要改造仅电线杆就需要百十根，他们没钱。王新合看到西站地窝堡等地正进行城市道路改造，有大量淘汰的水泥电线杆。他多次上门求让，对方终于被王新合打动，于是，王新合就带领机关干部用人力三轮车去捡拾。一根电线杆就有 600 千克，拉个来回就是 14 千米，一天要去捡三四趟。上坡过沟的，许多同志的脚上都磨出了大泡，累得连腰都直不起来。王新合强忍着脚伤肿痛和大家一道出力流汗，他们一共捡回来 68 根旧电线杆，如购买得花近十万元。职工看到他们顶着酷暑这样玩命，汗水湿透了衣服，纷纷从家里端出凉开水，守候在院门口。

二分公司机关大门和办公室周围原来破旧不堪，2002年，王新合把自己从公司获得的 5200 元奖金全部拿出来作为人工费，又向别人要了一些瓷砖，将大门和办公室里里外外装修一新。现在的二分公司住区和市中心许多住区没有多大区别，但仔细的人会发现，这里铺着的地面砖可谓品种繁多规格齐全，新旧大小参差不齐，五颜六色，一片花花绿绿，这全是王新合带领机关干部从垃圾堆捡来的，除了汗水和力气，他们没花一分钱。王新合他们还从外单位建筑垃圾中捡来砖头，铺设了 300 平方米的老年娱乐场所。

二分公司住区有 3 栋楼房，以前只是在附近挖了个排污大坑，天一热就臭气熏天。2004 年初，王新合带头，用休息时间和干部们进行了有效治理，职工们说，现在敢大口呼吸了。小区供水压力小，一到夏季时常断水，或几十天没水。王新合跑上跑下，终于接通了北站的自来水管线，从而彻底解决了职工吃水难的问题。

说到小区农贸市场，70 岁的吴章德老人流着泪说："以前我们买菜买生活用品，要跑两千米外的火车西站，天气不好当然就只好忍着了。"2002 年 6 月，王新合谋划着在小区内建一个农贸市场，一是方便职工购物买菜，二是解决一些待岗人员就业。他在师民政局争取了 5 万元扶贫贷款，钱不够,他又使出了老办法,顶着酷暑自己动手。3个月后,一座占地 600 平方米、花费需近 10 万元的钢构农贸市场建成了,同时还解决了 36 名企业待岗职工的就业。细心人能看见,其中许多材料是拣来的。

王新合说:"人不一定非要办大事,但一定要认真办好交给你的每一件事。"

"心正才会念群众"

二分公司是家老企业,离退休老人多,待岗人员多,贫困人口多。这里的群众说,其实对王新合来说,这里的贫困职工都是他的帮扶对象。

七十多岁的穆姓老人掏出小本本指着王新合的电话号码说:"我们都有他的电话,有事就打,平时没啥事时,他不让我们打,原因是不让我们花电话费,而是他常打来问这问那的,他可是一个好人。"劳模王佑金的遗孀王瑞兰身患重病,王新合多次带着大米清油等生活必需品去看望。王瑞兰病逝后,儿子无力承办后事,王新合又和大家一起自发捐款 2854 元,妥善安排了老人的后事。

说到后事,都说是做给活人看的,这话不假,但也不能小视。人不过一生,即使去路空空,但人活着时,最希望有个好的后事安排。对王新合来说,这不是小事,是人人都很在意的人间大事。这些年来,二分公司先后有二十多位老人相继去世,王新合不仅在故人生前探望关怀,更注意把他们的后事尽量办好。办后事时,公司实在没钱,王新合就自己拿钱给他们送上个花圈什么的,老人们说,这事好暖人心哟。

这些年,王新合帮助过的人连他自己都数不清。

为了二分公司的事业,王新合可谓呕心沥血。挚友埋怨他说:"你把大量的时间和很大一笔钱用在了工作和他人身上,作为家庭成员,你不能算是一个好丈夫好父亲。"二分公司原机关工会干事陶思明说:"王书记的肺癌与他太累有关。单位没经济来源,他前些年当过几年经理,每年有几千元奖金,我看他把自己那点钱也花得差不多了,他只有那点钱,顾大家就顾不上自己的家,许多痛苦和委屈只有自己承受,久而久之积劳成疾,我们于心不忍啊。"

"心正才会念群众",这是王新合日记中的至理名言。

无懈可击就是一座为政丰碑

在王新合担任主管领导的几年里,他始终保持着勤政廉洁的工作作风。

单位没有车,出门或到师里办事,王新合从来都是乘坐公共汽车。为了省钱,他常常步行回家。现任二分公司党委书记经理王新伦说:"跟他一起出去的次数太多了,再晚他也舍不得上饭馆,忙到吃饭时间了,最多是自掏腰包,几个人吃盘三元凉面或四元一碗的臊子面。"了解他的人说,其实王新合挺喜欢吃那种七元一盘的民族特色拌面和抓饭,他舍不得呀。他节俭出了名,在外办事,大家见他手里总有一瓶矿泉水。王新伦说:"其实,那瓶矿泉水是假的,是他出门时灌的白开水。"

但是，王新伦说："他对职工可不是这样。他有个小本本，谁家老人有病，那户屋漏电停，谁家人终难葬，谁家孩子交不起学费等，他一清二楚，只要他或公司能办到的，他就会不遗余力。他见职工没钱买面买油买菜了，随手就掏出50元、100元。前几年，职工为了解决人户分离的问题，经常往城里跑，有的职工连坐公共汽车的钱都没有，大都是他掏车费。为大家花钱他可不含糊。二分公司人都知道，只要向他开了口，只要他有，他就不会让你失望，最后多是他去借钱。"

王新合官不大，职务"含金量"很低，但也不是一点"油水"都没有，要想为个人捞取好处，穷庙也能出富方丈，正财之路只一条，而歪门邪道可是数不清。

王新合所在的二分公司地处乌鲁木齐市火车西站，他手中至少掌握着大量的可租地和库房等。王新合说过："在廉洁问题上我敢拍胸脯。"二分公司干部黄颖说："在这方面，我们的王书记无懈可击，在清正廉洁上有口皆碑。"现任经理王新伦说："王书记要想弄点黑钱并不难，但他不可能。"

一个有点权的领导干部在廉洁自律上能让人无懈可击无可非议，这其实是一座为政丰碑，实难可贵。

一次，一个老板想在二分公司以便宜的租金租下一块地皮做生意，他来到王新合的办公室，悄悄地拿出3000元钱硬往王新合手里塞。那时王新合的月工资才几百，对于"贫民窟"里年人均收入不到3000元的二分公司人来说，

3000元可不算小数目。王新合拍着桌子让他把钱收起来走人,正在这时,保卫干事赵继华推门进来看到了这一幕,那个老板只好灰溜溜的拿着钱走了。

职工李某为了回报领导对他的关照,给王新合送去礼品。王新合语重心长地说:"给你们办点事是我的责任,东西我绝不能收,这是我的做人原则。"李某逢人就激动地说:"说实话,谁都想让领导给自己办点事,可有时候又怕领导真的办了事——回报不起呀。王书记为我办了那么大的事,我心里一直打小鼓,没想到我多虑了,看来我只有努力工作来报答领导对我的关心了。"

二分公司是乌鲁木齐市城边一个偏僻的"独立王国",王新合在他管辖的"独立王国"里,没去任何职工家吃过饭喝过酒拿过东西,对此,有人冒昧说,这可能是当下大小领导干部中的一个奇迹。有人则说他不会当官,不会用权。他笑笑说:"职工那么穷,我不能占他们的便宜,那不道德,我有我的做人原则,我有我的道德底线。"

认识王新合的人都说,他平时总是笑容可掬的,待人和蔼可亲,都说他长着一张菩萨脸,是个极好说话的人,只要你开口说有事,他能办到的就一定会尽最大努力。但这张菩萨脸也有露"狰容"的时候,对违反企业利益的行为及歪风邪气,他敢于碰硬。二分公司自建楼的施工老板偷工减料,虚设施工项目,想占便宜,请王新合"开恩",并以重利诱惑。王新合没给那人菩萨脸,而是冷眼绷着脸给予拒绝:"该给的会给你,不该给的一分钱都不能给,我不会拿企业的利益做交易。"事后,那个老板又是恐吓、又是谩骂,可王新合就是软硬不吃，最后，那个老板只好服气了。

"好人王新合"

群众说：我们不会形容王新合的好，"好人王新合"，这句话最能代表我们的心声。

王新合 13 岁失去了母爱，小小的他是靠打土块挣钱上完初中的，16 岁就参加工作，1976 年 12 月从建工师原红旗农场调到兵团六建二分公司。最早给王新合当过领导的人说："那时的王新合一天不爱讲话，见谁都笑眯眯的，非常勤快能干，很能吃苦，和大家关系处得也特别好。"

1981 年 10 月 11 日，王新合去石河子开会，在乌鲁木齐市火车南站见一妇女领着一个小女孩在秋风中瑟瑟发抖，他赶紧上前细问，才知她们家住石河子 132 团，刚从内地老家探亲回来，钱被偷了，已一整天没吃饭了。王新合看母女俩很可怜，二话没说，将给父母带的两千克糕点和一千克油条给了非亲非故的母女俩，还为她们买了去石河子 132 团的车票。

2003 年 9 月，老职工杨汝太突发脑溢血，王新合立刻把他背往西站医院。医护人员见他挂号缴费，忙上忙下，气喘嘘嘘，浑身是汗，忍不住夸奖说："你这当儿子的还真行。"正巧这话被就医的二分公司职工听到了，这位职工解释说："他不是老人的儿子，是我们的书记。"

王新合从来不把外来工当外人看待。他在项目部当过书记，工期紧，要通宵达旦加班，明明没有他这个书记的事，他却主动熬夜给工地上的工人们做饭，他说："他们干得太苦了，半夜能吃口热面汤也好。"年底甲方拖欠工程款，民工们回不了家，王新合就三番五次去催款，最后说"我老王算求你们了，他们等钱回家过年呢！他们的家人孩子等钱上学吃饭呀。"王新合见甲方耍赖付款无望，看民工们实在可怜，就以自己的名义贷款三万多元给民工们发了工资。王新合为了还这笔款吃了大苦头。

一个人是不是好人，不可小视他在家庭亲人中的表现。2004年7月，王新合岳母王秀蓉心脏病复发，病情十分严重，王新合担心老人抢救不过来，蹲在地上大哭起来。二分公司人说："王书记哭得太动情了，做女婿的如此哭岳母，真不多见。"王新合岳母王秀蓉说："这孩子对人实诚，心眼好，难有这么好的娃娃，我病了，送饭喂药，背上背下的，全是他，他比我的儿女还亲，我家的几个孩子都喜欢他，没人喊他姐夫，都叫他哥哥。"

今年82岁高龄的张印老人说："他这样的人太难得了，这种干部太少了。他是个勤快人，一年四季无论春夏秋冬，一大早起来，把机关办公室门前门后打扫得干干净净才回家吃饭上班。"二分公司机关附近有一座旱厕，里面总是干干净净。老职工何文说："哪有领导经常去打扫厕所院子的？我看这事也只有王书记做得出来，人都调到师机关好久了，每次回来还是这样。"

王新合在日记写到："我的信条：人可负我，我不负人；人可无才，不可无德；委屈自己，善待别人。"

下面所说是一件生活中的小事，不过大家都明白，正是这些小事往往能看出一个人的品行高低。

王新合住院期间心急如焚地办着几件事，其中之一是，他把借别人的钱全还了。他已预感到将久别人世，他在日记本上清楚的写着："借别人的钱我已全部还清，今后即使我死了，也会问心无愧。"前些年，王新合为了给单位和职工办事解困，向朋友借了不少钱。然而，据他妻子和好友说，别人也借了他不少钱，此时的王新合却避而不谈。职工杨新平说："我女儿在石河子上大学，去年交不起学费，王新合也没钱，他就千方百计为我借了4000元。我说，你儿子也在内地上大学呀，王新合说，我朋友多些，比你借钱容易些，先给你。"王新合去世时，杨新平抱头痛哭说："我还没还你钱呀。"

在他生命的最后日子

我们不得不噙泪记叙一个普通生命的最后日子，因为这是王新合最后不平凡的日子，是一个让我们活着的人深思的日子，是一段让人感动流泪的人生谢幕曲，是一首唱不出的揪人心肺的送行歌……

手术前一天，王新合郑重地对师机关服务中心时任党支部书记宫尚铭交待：我的肺不好了，但我的心脏、肾脏和眼角膜都是好的，如果我下不了手术台，请转告医生和我的亲人，一定要把我有用的器官捐献给需用的人。

他妻子张萍说："确诊肺癌后，他坚持住进了一个条件很差的医院，家人、领导和朋友们都强劝他转院，他就是不同意。他给我说，医院条件好了，费用肯定就高。后来，还是师领导做工作和强行安排，他才无奈转到了医疗条件好点的医院。王新合这个人是一辈子连一根冰棍都不舍得吃的人，我知道他，他不想多花单位的钱……"化疗一个星期后，他说："我还想回去上班，师领导和同志们一次一次来看望我，我不能给他们添麻烦。"

2005年5月20日，是他去世的前三天。昏迷一天的王新合突然清醒过来，他吃力地对儿子说："西域，如果我再昏迷，请你告诉医生，不要再为我用药了，既然不可救治，就不要再浪费单位的钱了，你一定不要为爸爸的决定难过。"

手术的前一天，王新合还一摇三晃去探视住院的职工家属，还在安排工作，还在想着为摔伤职工送去急需物品。

在建工师劳动服务公司职工中有这样一句话：如果干部都像王新合那样，我们的工作就会好十倍、百倍，什么是共产党员，他就是真正的共产党员。

王新合工作三十多年来，当过铁皮工、驾驶员、材料员、青年干事、团总支书记、工会主席、多经部主任、公司副经理、经理、书记等职务。2004年秋，师党委把他提拔到机关事务中心任副处级主任。多年来，王新合先后被评为自治区新长征突击手，多次被评为师优秀共产党员和先进工作者，十几次受到兵团六建的表彰，3次立功。去年，王新合去世后，建工师党委追认为他为优秀共产党员，并号召全师党员职工向他学习。

最后想说的

王新合的常人小事数不胜数,他去世后,建工师专门组成"王新合事迹报告团",所到之处,全师职工群众无不为他的事迹感动的泪如泉涌……

感谢王新合给了我们很多沉思和启示,使我们在当今时代背景下,在讲社会主义荣辱观,讲"八荣八耻"时,再次思考什么是做人、怎样做人、做什么人,如果这些人生课题太大,我们应该向王新合那样,在平日里自然而然地做那些最容易,人皆可为的,但要为此付出代价的事。更重要的还有,我们要向王新合那样,时时坚守自己的信念和道德观念,严格为人为世的道德规范,攀登着人生道德的高峰……

道德英雄是最难得的,王新合就是这样一名英雄。

（2006 年《兵团日报》、《建筑政工研究》等）

建设者的史诗

每一条铁路都是一部史诗；

每一位建设者都是一首赞歌；

兵团建工师有这样一位建设者，他南征北战参与修建过兰新复线、南疆铁路、北疆铁路、青藏铁路、精伊霍铁路、奎北铁路 6 条铁路,可谓功绩卓著,而他的身体却已千孔百疮,同事们为他总结出：在修南疆铁路时割了脾,修青藏铁路切了胆,修精伊霍铁路坏了胃,修兰新复线伤过腿,此次参战奎北铁路,他险些献出了生命……

他就是建工师奎北铁路总指挥罗玉民。

现在的罗玉民,经检查身体表明,三分之一都不合格,该好的地方如心脏肝脏等都不太好,而血压、血脂、血蛋白、尿蛋白等这些不该高的都高, 身体各方面指标不是严重缺损,就是严重超标。

一部建设史诗, 就是建设者们用双手创造出凝固无声而美丽的建筑作品,而建设者本身,也是一部史诗,所不同的是, 这部作品之基, 填充融入的不是有形物的钢筋混凝土,而是建设者个人的青春、终身甚至身体与生命,是一种无私的奉献精神。

早期修建兰新、南疆、北疆铁路那些工程时,新闻媒体就曾经为"拼命三郎"罗玉民的骄人业绩大唱赞歌,多次报道过他的建设事迹,成为建工师的新闻人物之一,直到今天开战奎北铁路,我们不得不再次把炽热的镜头聚焦到这位战功显赫55岁的老将。

翻开早期师报,罗玉民的名字频频出现。2000年南疆铁路施工表彰大会上,罗玉民被建工师评为南疆铁路建设劳模。这种殊荣之多,恐怕老罗已记不清,大家说他是个记工作不记荣誉的人,但是,南疆铁路西延工程第一大站阿克苏火车站的修建,让他一生都不能忘,这项工程太引人注目了,阿克苏市电视台全程跟踪,一时间,工程成为焦点,罗玉民也成了阿克苏市民关注的新闻人物。

罗玉民说:"干这项工程很难,也很累,是因为干这项工程条件差,难度大,要求高。"最后,在这位时任建工师六团新宇公司经理罗玉民带领下,这项在阿克苏市郊盐碱滩、沼泽地建起的38133平方米的工程获得了优秀成果,当李鹏委员长剪彩,火车披红戴花通过阿克苏车站时,罗玉民的心才稍安下来,但是,他却倒下了,就是这项工程,让他体力严重透支,脾脏有病一年多了,他却没及时去看医生,结果长了个囊肿,拖得太久,只好做了脾脏切除手术。

那些年,罗玉民可谓是千里转战,四季奔波,不说他干过的大量工民建工程,仅说他率部参与修建的铁路,至少有600千米,仅在南疆铁路干线,他就修建过阿克苏、新和、轮台、阳霞、塔拉克、二八台、雅拉克、牙哈火等火车站,他领导的公司所获"十佳工程"、"优秀工程"、"窗口工程"等奖项比比皆是,他个人所获劳模、先进、优秀管理者、"双文明建设先进个人"等荣誉证书可装一箱。

他的腿是在兰新复线铁路建设中受的伤,由于工期紧,他顾不上治疗,导致深度感染,伤情十分严重,最后,不得不送进医院,医生说:"如果再耽误,罗玉民的腿将致残。"但最终,罗玉民的腿脚还是留下了病根,还患上了"一痛起来就要老命"的静脉曲张。

2003年1月,作为青藏铁路常务副指挥长的罗玉民率部进军西藏,首先,缺氧就是最大的困难之一,开始,别说干活,连气都喘不上,这些大老爷们不会用高压锅,面条都煮不熟,建设环境之差、施工条件之坏、现场难度之大,举世罕见,众所周知。仅说气候,在海拔5000米的唐古拉山那曲施工,一日可有四季,本来晴空万里,一会儿乌云滚滚,接着下起冰雹,眼见要晴了,又飘起大雪,风雪之后,暴雨如注……

罗玉民克服年龄大,高原反应强烈的种种困难,始终奋战在施工生产第一线,和总指挥任辉明一道,狠抓安全生产、文明施工和劳动竞赛活动等,在他们的领导下,指挥部在2003年、2004年连续两年被评为青藏铁路"建功立业"劳动竞赛先进集体,他本人先后被铁道部、西藏自治区人民政府和那曲行署授评为"铁道部优秀项目经理"、"建设青藏铁路先进个人"、"安全施工先进个人"等,由于他和同志们艰苦卓绝的奋斗,确保了青藏铁路21标段线下主体工程提前竣工并提前一个月铺轨。

罗玉民他们在高原奋战三个年头，为企业捧回来一尊沉甸甸的"火车头"奖杯，而他因胆结石住进了医院，还是因为有病不及时治疗，付出的代价是，罗玉民的胆囊切除了。

胃病加重是在 2006 年鏖战精伊霍铁路建设中。2005 年 8 月精伊霍铁路工程上马，罗玉民被任命为兵团建工集团精伊霍铁路工程指挥部副指挥长，他先是负责征地拆迁、后勤保障和物资供应工作，这是一项难度很大的工作，要面对当地政府、铁路部门、供应厂家等方方面面的人和事，为此，他马不停蹄，在最短的时间内协调好了各方关系。在他的积极努力和督促检查下，参建的五个项目部仅用 7 天时间就完成了驻地选点工作，同时具备了开工条件，这一成绩得到了乌鲁木齐铁路局精伊霍铁路建设指挥部的高度评价。但常年饮食生活没有规律，胃受到了极大伤害，导致胃病总爆发，时常折腾的他大汗淋漓，食宿艰难，甚至难以工作。

"险些献出了生命"——是为了奎北铁路巴音努鲁这条隧道的建设。

2007 年 12 月 13 日，元旦春节双节临近，该是大家想着回家过年的时候，作为指挥长的罗玉民，他在想着远离人烟坚守隧道工地的 120 名同志们，同时担心隧道工地的生产掘进。当日暴风雪，隧道洞口静态温度零下 37℃，风雪地中心达到 45℃，大雪使乌伦古湖一带沟坎坡坑成了一马平川，能见度不到 2 米。罗玉民要上隧道工地，大家见此天气就劝他改期再去。罗玉民对部下说："隧道工地就怕下雪，因隧道挖得是槽子，下雪后，再一刮风，这会把隧道堵在里面，那样，里面施工的员工就危险了。"

隧道工程地质条件差,岩层破碎性大,对安全和质量要求极高,是全线重点控制性工程,同时,罗玉民还想到其他可能产生的问题等,就这样,他和奎北铁路指挥部张可新工程师一道,从福海前往 60 千米远的隧道工地。

罗玉民没想到,他们此行踏上一条险象环生的生死线,此生第一次面对着自然界生与死的威胁。

一路上,罗玉民作为指挥长,他想得更多的是责任,是工程。他曾下决心,要让隧道工程在 2008 年年底贯通,不然,就会影响全线工程的提前完成时间,所以,为了确保进度和按时完工,入冬以来及元旦春节期间,他没有让隧道停工。

奎北铁路工程 2007 年 8 月 29 日接到通知中标后,9 月 2 日就在北屯召开了动员大会,9 月 10 日,在人员及住宅没有落实搭建情况下,就开始施工了。自此,罗玉民他们一边建营房一边施工,一刻也没有停留。从当年 9 月 10 日到 11 月底,就已经完成施工产值 1.78 亿,进度很快,得到了建工师和建工集团领导的好评。张政委、刘师长和集团公司领导都亲临过工地,对奎北铁路指挥部寄予厚望,全师职工无不关心着这一重点工程,罗玉民感觉肩上的担子很重。

他不熟悉阿勒泰地区的气候环境,所以,他格外操心隧道的冬季施工。除此之外,罗玉民还有个目标,那就是要争取拿上“火车头”奖杯,此奖可与鲁班奖媲美。再说,建工师已有多年没有打铁路隧道了,他想到未知的困难很多,总之,一切工作都要往前赶,都要谨慎过细,不能有任何闪失。他在暗地里使劲,想着一定要把兵建工人修建铁路的水平,在奎北铁路这条线上充分体现出来。

他们行车的福海地区，已完全被漫无边际的暴风雪夹裹笼罩，施工便道沟坎积雪最深达一米五左右，在出福海四十多千米前往隧道工地的施工便道上，罗玉民他们的乘车陷在前不着村后不着店的荒无人烟处。

这时，惟一能与外界联络的只有手机，而此时3人三部手机都因风雪太大没有信号。

"当时风雪交加，刮着当地令人毛骨悚然的'白毛风'，天下一片白茫茫，太厉害了。"司机小王回忆说："当时手机都没了信号，我下车也就几分钟，脚脖子就冻肿了。车陷在雪窝，四轮悬空了，我们用安全帽挖雪，但车在两个坡中间担着，风大雪大，视线又不好，挖到下面，雪还夹着沙子，刚挖出一个坑，很快就被填平了，最后没辙了，这时，哪怕再多待一分钟，人就冻得受不了，我们只好缩回到车里。"

就这样，他们面对车窗外肆虐的暴风雪无能为力，在万般无奈情形下，他们甚至开始作了最坏打算。

好在车能发动取暖，不然，如此近乎极端的寒流，可以把一切在瞬间冻透。但是，靠小车发动取暖不是长久之计，车里的汽油是有限的，一旦没了，何以抵挡？

就这样，在与外界失去一切联络的情况下，他们在车里静待了漫长的一个多小时。此时此刻，分秒如年，他们想节省用油以延长等候被救，但刚一熄火，车里立刻冷冻难忍，又怕气温太低再难发动，他们只好让车发动着，干耗着油。他们开始紧张地等待外力与奇迹。

在福海以南近百万平方千米准噶尔盆地广袤大戈壁

上，南北长五百多千米的库尔班通古特大沙漠被强大风雪肆虐着，车窗外没有风声以外的任何响动，天空没有飞鸟，地上没跑动物，更没有车过人来，冰天雪地的世界里，似乎只有无助无奈的他们。他们车陷在施工便道，这时远离福海县和乡村，而平时，这条施工便道只有本单位的施工车辆走，而此时牧民们也早在秋后就转场走了。

他们把该想得办法想尽了，但都不可行，车动不了，人也出不了车，车外什么都没有，什么也看不见，只有狂风暴雪。

司机小王要冒险跑出去报信，他想着不能让罗指挥和张工有生命威胁……罗玉民没有允许，因为，虽然小王年轻，但气温太低，已是人体极限，况且能见度太低，戈壁雪地看不出路，全是一个模样，出去跑不了多远，别说很容易迷路，就是被冻，就会出危险。

就在风稍微小点时，奇迹出现了，司机小王的手机上偶尔显示出一格信号，他急切地试着打电话，但杂音太大，断断续续，互相根本听不清，后来，就试着发出了求救信息，很快，这点微弱信号又中断了。

万幸的是，命悬一线般微弱的生命求救信息，让驻扎福海指挥部的副部长赵辉收到了，指挥部立刻紧急行动起来，当即派出师北新公司的车寻往陷车地点。

然而，由于风雪太大，施工便道被大雪覆盖。事后，救急的同志风趣地说：当时情景是真正的"北国风光，千里冰封，万里雪飘……"眼前一马平川，找不到路，所以，他们凭着感觉，朝着罗总出事点的大致方位急剧地搜救而去，但是，北新公司的车在出福海不远,也陷在了一望无际的风雪线上。

本来司机小王的手机曾昙花一现般出现过一丝信号,然而,这会儿全没了。他们和外界又失去了一切联系,他们惟有等救急的同志们了。

风吼雪骤,越来越猛,漫天飞雪笼罩着小车,小车像一叶小舟被死死封冻在无边的冰海雪原上,雪粒不停地扑打着车窗,使他们看不见外面,外面即使有人,除非很近,否则,也难以发现他们。

这时,罗玉民一行在冰天雪地里已有两个多小时了。生命的威胁,一次次现实地摆在他们每个人面前。

惟一维持生命的是温度,而车上的油是有限的,毫无疑问,一旦燃油用完熄火,车内温度会迅速与外界一致,人在零下40℃的环境中度时有限。按照当地人经验说法,人在近零下40℃并同时伴有寒风情况下,3分钟内被救,已产生冻伤;5分钟被救,因人已冰凉冻透会产生伤病;10分钟被救,因四肢冻坏会致残或截肢;15分钟后,人将开始昏迷,一时会产生幻觉,失去意志力和抗拒能力;30分钟就会有生命危险……

危险在步步逼近罗玉民他们。

附近毫无生命迹象的吉力海(小海子)无助地注视着这一切。

"那会儿可真是叫天天不应,呼地地不灵,没辙了。"司机小王回忆当时说,"真的恐怖极了。"

万幸的是,北新公司救急的同志奇迹般地与隧道工地联系通了。最后,在罗玉民他们身陷寒流风雪地四个多小时后,隧道工地的车赶来了,就这样,才暂弃小车把他们救到工地。"否则,后果不堪设想。"司机小王心有余悸地说。

当 2008 年 5 月 20 日到工地调研的建工师党委书记、政委张勇听到此事后,动情对罗玉民说:"你们为建设事业付出了很多,不愧是铁路建设的功臣。"罗玉民真诚说:"不,功劳是大家的,副指挥、总工程师、部长们,都是参与修建了几条铁路的干将,是因为他们经验丰富和大家能干,我依靠他们才行,我一个人再有本事也不行,功劳应该是大家的。"

不错,功劳是大家的。在建工师,像罗玉民这样为建设事业甘于奉献的建设者还有一批,罗玉民本人当是功绩可嘉。

从罗玉民担任奎北铁路项目指挥长的第一天起,他把严管理、求信誉、站稳市场作为座右铭,使奎北铁路建设成绩斐然。

工地同志们说,罗玉民是一位懂经营、会管理、能力强的好领导。仅说奎北铁路,开工后,由于多种材料的市场供应价格比投标时出现了大幅度的上涨,个别材料的实际供应价格较原报价上涨了近一倍,同时劳动力的市场价格和周转材料的租赁价格也出现了大幅上涨。

面对外在如此不利的严峻局面,罗玉民没有怨天尤人,而是在内部挖潜上大做文章,他们狠抓内部管理,不仅树立了成本管理是一切工作重中之重理念,并在项目成本控制管理中,重点进行了创新,在全线制定了切实可行的节约成本、提高质量、加快工期制度。为降低成本,罗玉民他们采取了多种有效措施,比如,完善分包和物资采购管理制度,大力推进招投标制度,进一步拓宽分包商选择和物资进货渠道,寻找多个合作伙伴,进行价格、质量比较,选择质量好价格低的分包商和供货商;处理好与建设单位的关系,对建设单位指定的分包商和供应商据理力争,最大限度地维护企业和员工的利益;选择重大工程施工方案时,他都要进行反复的技术经济比较,使所选定的施工方案尽量做到经济合理等等。他们勤俭节约、节省开支、避免浪费,最大限度地降低内部消耗和日常费用开支,通过对水、电、日常办公耗材等开支的控制,不仅培养和养成全体员工的成本意识,并在节约开支上收到了好的效果,在造价低,市场竞争极为激烈的情况下,指挥部已经上交集团管理费用1900万元,取得了良好的经济效益。

罗玉民虽然以吃苦耐劳形象著称,但他身上闪烁更多的是现代科学管理的人文气息。要说忙,恐怕非他这样的指挥长们莫属了,但他还把生产实践与理论工作联系在一起,在思考中工作,在工作中思索,他甚至想到了建工师今后的铁路建设参与,他想,至今,还没有一本具体详尽的工具书用于指导修建铁路,为使铁路建设更加规范有序,从投标时的有的放矢,到方案选择的最大优化,以及在生产全过程的经营管理、成本控制、人员组合甚至现场管理等,应该有一册实用的书。对此,他是个有心人,已收集了大量施工资料和文字材料,以他丰富的铁路建设经验,他想要编著一部关于修建铁路的工具书。我们预祝他著书立说能成功,这不仅是他个人,也是建工师建设者在新时代理论联系实际又高于实际质的飞跃。这也是建设者地位、作为的精神升华，至少，在想在做，已堪称不易，尤其像罗玉民这样在一线没黑没白忙碌施工的干将。

罗玉民特别注重工地党的建设和企业文化建设。他总结出项目管理和思想工作"五到位"，即在布置时，思想发动到位；在组织施工管理中，岗位责任到位；在完成任务时，要考核检查到位；在兑现奖惩时，谈心疏导到位。

文化兴师观念根植于这个一年大半时间在外施工的指挥部，也成为罗玉民企业管理一大亮点。为此，企业文化建设，不仅成为了工地上下的共识，也成为整个铁路建设线的行动，"更新理念 精细管理 相互学习 共创精品"这样很具体的企业文化理念已深入人心，他们以"又好又快地完成奎北铁路施工任务"为己任，始终坚持"高标准、高起点、严要求"，按照"开工必优"、"一次全优"、"全线全优"的要求，施工进度快、质量好，受到了上级铁路项目指挥部和同仁及专家们的广泛好评。在最近的一次现场交流会上，他们以几乎满分的骄人成绩，再获全线第一名，受到业主11.6万元奖励，并获得乌鲁木齐铁路局2007年度优秀项目部称号和2008年度第一次质量信誉评价第一名的好成绩。

副指挥长付军说起罗玉民很敬佩，说"勇拼搏、讲实干、率先垂范"是罗总的最大特点，说罗总对自己要求很严，常以"我是党员，就应该起到模范带头作用"来鞭策要求自己。铁路施工历来是艰苦的行业，风吹日晒，寒来暑往，罗玉民以一份对本职工作和企业的拳拳之情，在施工一线的工作岗位上拼搏、奉献着。他深知自己作为一名领头人，一举一动将是全体人员的样板。他通过自己的不懈努力,对事业献出了一个"诚"字,对群职工付出了一个"爱"字,对自己定出了一个"严"字。他一直恪守的工作准则是:扎实苦干树形象,率先垂范做榜样。不夸张地说,每逢新的一天开始,他就像一台上足了发条的机器,从早转到晚,从不停歇。工地上只要有人干活,就能看见他不知疲倦的身影。在工程施工的紧张时期,天刚蒙蒙亮,他是第一个出现在工地上的人。他的车上常备有水壶和方便面,午饭常常就在车上解决。回到宿舍后,他常常一挨床就睡着了。他妻子心疼地把门锁上,想让他多睡会儿,没想到一会儿就不见了他的踪影,他经常用一天的时间,把一百多千米铁路施工沿线所有桥涵工点全部看到、走到。

综合部部长戴文虎说:"罗总在生活中像大哥,对员工们关怀备至,体贴入微,谁有困难,谁家有事,他都了如指掌。比如职工家中若有不幸,罗玉民不仅在工作生活中照顾,还安排人代表公司送去花圈前去吊唁等,这样关心体贴入微的事,在罗玉民身上举不胜举。"

截止 2008 年 12 月,建工师兵团建工集团施工的奎北铁路 S3 标段,线下工程全部完工,附属工程完成 50%以上,完成产值 5.62 亿元,当年产值 3.8 亿元,为年度计划的 133.2%。

奎北铁路建工师兵建集团 8 个项目部施工的标段,已成为全线的样板工程。自治区奎北铁路建设指挥部组织全线 12 家施工、设计、监理、试验和检测单位领导五十余人来到罗玉民领导的奎北铁路 S3 标段观摩学习,自治区奎北铁路指挥长黄光华表扬建工师兵建集团奎北铁路指挥部，称赞他们组织有序，进展迅速，质量上乘。

罗玉民说："我还有 5 年就要退了，要干得事还很多。"为此，他常有一种紧迫感。

听说这几年还有几条铁路要上马，老将罗玉民又有了新的打算……

（发表于《中国建设报》、《兵团日报》等）

额尔齐斯河在关注

广袤准噶尔盆地一望无际,蓝天白云下,静默的库尔班通古特沙漠,以干涸和荒凉写就着千百年的沧桑经历,无边的大戈壁,虽然画龙点睛般出现了乌伦古湖奇观,但是,阿勒泰之魂、九曲回肠的额尔齐斯河日夜诉说着远离现代文明的偏远、寂寞和封闭……

这是祖国一片半沉睡的大荒原。

铁路,是地球一条写实的经纬线,铁路,从来就是人类文明进展的象征,是经济发达程度的里程碑。自世界从 1825 年英国诞生第一条铁路始,而同时期一个偌大的中国,直到 1876 年才有那条淞沪轻便铁路,从那时起,铁路成了巍峨阿尔泰山跨跃近两个世纪的梦想。

铁路,不仅直观地成为现代文明人流物流的有形通道,也是进入文明信息流,甚至高于直观铁路的时代动脉。无疑,奎北铁路成为中国西部最北部文明使者坚挺的骨骼,修建奎北铁路,就承担了制造边疆大动脉奇迹的历史责任。荣幸的是,历史赋予了兵团建工师建设者这一使命。

5月的阿勒泰福海地区,寒风凛冽,不时雨雪交加,但在建工师施工的奎北铁路S3标段沿线工地上,两千多建工师将士仍日夜奋战的人迹罕至的乌伦古湖一带,在人声鼎沸、车水马龙的施工便道上,沙起土落,车如穿梭,137.79千米,宽十多米,高五米左右,以一千二百多万土方垫起的梯形成型路基,像一条巨大长龙,蜿蜒从和丰县巴音达拉,途经福海,向北屯快速挺进。

"创建设奇迹,巧夺天工,天堑变通途","筑奎北铁路,开发西部,建千秋伟业"、"建好奎北铁路幸福线,圆阿勒泰人民百年梦",这样的宣传标语四处可见,在几乎无人涉足、沉寂千百年的库尔班通古特沙漠以北、额尔齐斯河以南广袤的荒无人烟处,一路气派壮观、大方漂亮、标示建工师的彩门格外抢眼,印有"兵建集团"的千百面彩旗迎风招展,在百里沿线风雨中,形成了一道独有的景观。

奎北铁路南起奎屯,途经克拉玛依、乌尔禾、和布克赛尔及福海县,北至阿勒泰地区北屯市,全长458千米,这条千里铁路工程总投资55亿元,是新疆"十一五"重点投资建设的铁路工程项目,工程于2007年4月起初步动工,计划至2009年9月建成并投入运行。

建工师兵团建工集团施工承建的奎北铁路S3标段,起点是和丰县巴音达拉,终点为北屯,主要工程有:巴音努鲁隧道一座,全长2390米,500米以上特大桥4座、大桥1座、中桥11座、小桥33座,涵洞304道,车站5座。终点站北屯站这座特别造型设计、并在奎北铁路别有意义的现代化车站,也将出自他们之手。

截止5月20日,建工师兵团建工集团施工的奎北铁路

S3 标段，共计 1210 万立方米土石方已完成九百多万立方米，实现产值 2.4 亿元。主要工程之一巴音努鲁隧道，年内将实现全线贯通的目标。巴音、克勒河大桥和连接福海北屯的盐田特大桥和其它桥梁涵洞工程已全面展开，混凝土预制进展顺利。曾经野狼出没的农十师 188 团一片盐碱地，明年将是漂亮的北屯火车站，现在，车站场二百多万方土石方已基本完成，高出地面数米、一万多平方米站场基础一马平川大功告成，浓郁的沙枣花香正伴随着夜以继日、挑灯夜战的建设者们。

建工师奎北铁路建设指挥部就设在阿勒泰地区称之为"鱼米之乡"乌伦古湖畔的福海县。自这些铁路建设者入住后，当地人说，原来关注的主要是县委指令和菜市场，现在有了第三关注，那就是，开始注意这些被数九严寒冻得险些要命、被烈日炎炎暴晒的黑红脸庞，打量着这些不时大步流星穿梭街市，更多的还是伴驾着机车日夜穿梭市区的建设人，这些人打破了此地昔日的寂寞平静。如同不会怪嗔喜事锣鼓和节日鞭炮那样，当地各族人民对建设大军的到来喜不自禁，自然而然地跟着建设人急急忙忙的步伐，把欣喜、欢迎、支持和实际行动与彩色的铁路梦想，一道汇入建设铁流之中，一同加快了生活和生产的节奏，为圆两个世纪之梦，唱起了共同建设奎北铁路的世纪性嘹亮战歌。

上线半年来，奎北铁路建工师兵建集团施工的标段，已成为全线的样板工程。4 月 29 日，奎北铁路建设指挥部组织全线 12 家施工、设计、监理、试验和检测单位领导五十余人，来到建工师兵团建工集团施工的奎北铁路 S3 标段观摩学习，参观了由北新路桥公司施工的巴音努鲁隧道工程、克勒河特大桥工程及 3 千米成型路基,兵团四建预制厂、拌和站、盐田特大桥等三个分部标准化工地建设。指挥部领导大力表扬建工师兵建集团奎北铁路指挥部, 称赞他们组织有序,进展迅速,成绩斐然。

我们习惯把吃大苦耐大劳作为建设者的代名词,是的,铁路建设者之苦无人不晓。他们常年在外,一年只有冬季才可能回家过年, 大都在荒漠戈壁人迹罕至的地方, 日复一日,年复一年,甚至一生的大半时光都在那里度过,他们面对的是最恶劣的气候和近乎原始落后的生活方式, 最苦的还有远离都市文明的寂寞,等等……

但是,不要以为建设者们只有傻大憨粗苦,只会出大力流大汗,去最苦的地方,吃最差的饭菜,住最差的居所,忍受最大的寂寞等,那是过去,当然,也是现在生活状况的部分写照,因为,他们仍然在进行最艰苦的劳动,吃住条件仍然较差,仍然远离都市很寂寞冷清,然而,现在的铁路建设,人变了,施工的条件也大为改观了。

他们身上闪烁出更多的是现代科学管理的人文气息。文化兴师,不仅成为全师的共识和行动,也成为建设铁路一大亮点,"更新理念 精细管理 相互学习 共创精品"企业文化理念,以"又好又快地完成奎北铁路施工任务"为己任,始终坚持"高标准、高起点、严要求",按照"开工必优"、"一次全优"、"全线全优"的要求,创"火车头奖"等品牌理念深入人心,并具体到工程项目,各项制度、工程进展情况等一目了然,重要的是领导们的现代管理意识,使铁路建设插上了科技翅膀,这使得他们施工进度快、质量好,受到了上级铁路项目指挥部和同仁及专家们的广泛好评。建工师兵建集团铁路项目指挥部被乌鲁木齐铁路局评为 2007 年度优秀项目部后,在此次现场交流会上,又以总分几乎满分的骄人成绩,再获全线第一名,受到业主 11.6 万元奖励,并号召全线向建工师兵建集团学习。

昔日靠人力车和人海战术得以施工的取胜,现在最先进的国内外大型机械在工地一字摆开,四处可见,蔚为壮观,全线工地都能看到先进的信息数控自动化指挥办公系统,使指挥者们能决胜于千里之外。吃住行通(通讯),尽可能达到最好,伙食标准不断提高,新鲜的蔬菜水果不再是工地难以谋面的奢侈品,有的住上了新型材料制作的彩板房,住区干净明亮,不仅避风遮雨,还尽可能养花种草,门前有菜地,食堂里如消毒柜电冰箱设施齐全;工地有太阳能淋浴间,工地的卫生间是抽水马桶,小卖部俱全,办公、读书看报娱乐场所齐全,电视地面卫星接受系统开始进入,市场经济运作,使现代通讯基本普及了每个工地,通讯畅通无阻。铁路建设与早年比,已发生了喜人变化。

铁路建设让现代文明向边远落后地区延伸,落后的施工方式也不再属于现代铁路建设者,铁路建设者们的生产生活紧随着文明的步伐,以文明的方式建设文明。有我们这样一支久经考验的王牌施工大军,我们有信心预祝 2009 年国庆节前奎北铁路胜利通车,我们期待着那个令人欢欣鼓舞的时刻。

(2008 年 6 月《中国建设报》、《兵团日报》等)

苦难与诚信

面对难以救活的儿子,有人劝她放弃,她说:"我不行。"面对难以偿还的债务,有人说不要还了,债权人也不让她还了,她也说:"我不行。"面对生活命运降临的那份痛苦,选择放弃和躲避,也许对有的人来说能行,但她不行——"我不行",这是人间最朴素大方的经典语言,它的朴素是指,她没有华丽词汇来说解这些痛苦,大方的是,她说不行,就要为此付出自己的一切。为了亲人和信誉,处于极其弱势的她,为我们表现了最美最强诚信的人生态度。她就是新疆兵团建工师达丰社区老人吴兰玉。

吴兰玉成为中央电视台"2008 感动中国年度人物"候选人,这在二百五十多万人的新疆兵团是史无前例的。

吴兰玉为了挽救儿子的生命筹措肾移植手术费,向朋友借了 5.5 万元,为此,这个原本就困难重重的家庭,因沉重债务走向了苦难。令人难以置信的是,这位新疆兵团建工师当年已是 65 岁的老人,从 1999 年至 2008 年的 9 年里,靠走街串巷拣废品、到荒山上挖钢渣卖钱来偿还欠债。为此,至少在 9 年的时间里，吴兰玉老人没有买过油，没有买过肉，疾病时而向她袭来，但包括脑血栓这样的病她也硬撑着 9 年没敢去医院花钱买药打针，平时一季度用不了两度电，收费人怀疑她家电表坏了，一台早就过时的旧电视机只是摆设，因为她平时舍不得用电看电视节目，9 年来，她没有为自己添置过一件衣物，没有钱回四川探亲，身居乌鲁木齐市郊区，儿子去世后再没有往城中心挪过步，过着常人难以想象的艰难清贫的生活。对此，吴兰玉老人说："欠了别人的钱，我心不安，不还债，我不行。"

1990 年，吴兰玉 27 岁的儿子李培川不幸患上了尿毒症，只有做肾移植手术才有活下去的希望，然而，时需 11 万多元手术费用，把这个原本贫困的家推向了困苦的顶峰。有人劝吴兰玉放弃，不然会家破人亡人财两空的！且不说她家无处找来高昂的手术费，就算倾家荡产给儿子换了肾，根据她儿子的病情，存活可能性也不大。吴兰玉却坚定地说："他那么年轻，是一条命啊，叫我放手，我不行，哪怕只有一点希望，我也要救他。我是他母亲，我不能放弃！"

由此，吴兰玉和丈夫李升然选择了超常的艰难困苦，李升然全心投入工作，挣一份足额工资养家，吴兰玉则出去干零活、捡废品。他们省吃俭用，在为儿子积攒手术费。1995 年，家庭灾难使吴兰玉的丈夫李升然身体垮了，确诊为肝癌病倒了，3 个月后，生命就走到了尽头。1996 年，医院为李培川寻找到了合适的肾源。吴兰玉倾尽所有积蓄，又与十多个朋友借了 5.5 万元，终于筹足了手术费，给儿子做了肾移植手术。三年后的 1999 年 8 月，他儿子还是离去了。

这个原本完整的家破碎了。吴兰玉原是兵团第二钢铁厂的职工家属,她的丈夫李升然、儿子李培川都是厂里的工人。如今,丈夫走了,儿子也走了,几万元借款怎么还?作为一个没有经济来源,一个没有文化的农村妇女,吴兰玉在绝望至极时,把儿子剩下的一堆药全吞了下去,想着一死了之。

然而,当吴兰玉昏睡了一天一夜苏醒过来后,因为,她想到了欠债!为此,她选择了坚强,欠债还钱,这是千百年来天经地义的事,别人好心帮我,我不能坑了好心肠的姐妹们。

然而,对没有收入来源的吴兰玉来说,5.5万元可以说是个天文数字,如此巨款,对于没文化和没有任何技能的她何时能还?何以偿还?

她苦苦想了数天,艰难地做出了抉择:捡废品卖钱来偿还借款。

这以后,身高不到1.50米的吴兰玉便背着一个塑料编织袋起早贪黑行走在街头巷尾。还债,成为她“活下去”的惟一动力。“没有这件事,怕是早都撑不下去了。”她说。

吴兰玉早出晚归,每天怀揣冷食凉水,年复一年地走街串户捡拾废品。有人为她算过,既使她风雨无阻,每天也只能收入10～20元,她要从65岁捡拾废品到85岁。

见吴兰玉如此状况,一同从四川来到新疆的好姐妹刘文英真诚地对吴兰玉说:“你实在还不了,就不用还了。”

“我不行,我能还。我吴兰玉虽然很穷,但也讲良心,我要对得起大家!”吴兰玉郑重承诺道。

借钱给吴兰玉最多的姐妹唐坤莲，就算在女儿患了重病时，也从没有向吴兰玉提起钱的事。但是，吴兰玉却非常不安，她拼命奔波，为了加快速度，这位六十多岁的老人硬是学会了骑自行车。她经常三更半夜，多次在夜幕里遭劫，自行车不敢骑了，每天至少要步行几十千米去捡拾废纸箱、饮料瓶。两年后，当吴兰玉把1.2万元钱悉数还给唐坤莲时，唐坤莲都不敢相信，望着更加苍老的吴兰玉流出了泪水。

还了第一笔也是最大一笔借款后，吴兰玉有了信心，她说："看来我是能用自己双手在有生之年还清所有借款的，我是可以做到的。"

但代价是沉重的，是一般人难以想象也难以做到的。吴兰玉见距达丰社区两千米外的一座荒山上，掩埋着钢厂许多年前丢弃的废钢渣，得知卖这个也能挣钱，吴兰玉捡完了废品之后，又扛起十字镐去挖钢渣。可以想象，这活太重，常常要挖到1米多深才能找到几块钢渣，精壮汉子干着都很吃力，对吴兰玉来说何其艰巨。她吃着冰冷的馒头就着凉水，一干就是七八个小时。吴兰玉硬撑着，每天挖出几十千克，分多次一点一点背下山，又一次次爬上荒山，几个月里，她竟然卖出了十余吨废钢渣。

为了还债，9年来，她一日三餐都是馒头、泡米饭、面疙瘩汤、酸泡菜。9年来，她没有炒过热菜吃，实在想吃新鲜菜了，就去农贸市场捡拾，或帮人看菜摊、打扫卫生，换回来一些，也只能用盐水煮一煮吃。

早几年，二钢厂的党组织和同志们千方百计的帮她，1999年她的儿子离去后，根据政策给她发放了最低生活保障金每月 156 元。她说："组织每月给我这么多钱,我心好不安哟,我感谢大家……"单位让她包下一段马路卫生,还经常接济她一些面粉、大米和油等生活用品。社区的居民们都热心地帮助着吴兰玉老人,他们常常给她送饭送菜。

2006 年 6 月,新疆兵团建工师接管二钢厂后,对吴兰玉的困境予以了高度关注, 逢年过节都去看望她。2008 年春节,建工师党委常委、副师长王春全得知吴兰玉把每月领取的最低生活保障金也用来还了借款,营养不良造成的贫血等疾病日益严重,安排民政局资助了她 5000 元钱,帮她还了最后一笔债。

建工师上级机关兵团民政局局领导与吴兰玉结成了帮扶对象,经常来嘘寒问暖,见她家里竟然没有烧火炉,一问才知,吴兰玉把社区发给她的 300 元取暖费用来还了借款,局长刘刚的心里一阵酸楚, 第二天他就派人给吴兰玉送来了一吨煤。

债务终于还清了,吴兰玉热泪盈眶地告知所有人,感谢党组织、感谢说不清的好心人们明里暗里帮了她……

"后悔倾家荡产为儿子换肾吗?"有人问吴兰玉。

"不后悔。我就是吃尽人间苦,我该怎么做还是要怎么做的。"

清了最后一笔欠账后,那天,在十多年来无话无歌低沉的生活中,她看到生活"亮了",吴兰玉破例地唱了一整天的歌,破例地在长达 9 年的时间里久违购物添衣的她,用卖破烂的 8 元钱,到市场上买了一双布鞋……

现在的吴兰玉, 每月的最低生活保障金已增加到 237

元,吴兰玉在建工师达丰社区狭窄的小院里,养着几只鸡和兔子。她说"我现在活得很清爽,我要好好地活着!"

苦难,对很多人来说都不陌生,而在极其苦难中坚守诚信,这就是中华民族骨子里的至尊宝藏。一家媒体说,吴兰玉老人行走在街头巷尾里的孤单、衰弱,却又执著、坚强的背影让我们相信,中华民族传统美德的大厦依然是坚固的。

诚信,是中华民族几千年来崇尚、追求的传统美德。一个人,一个家当灾难来临后,一位没有多少文化、没有什么技能、靠捡拾废品为主要经济来源的老人掷地有声地说出:"我吴兰玉虽然很穷,但也要明事理、讲良心,我要做一个诚信的人!"

感谢吴兰玉,她让我们看到了普通大众的淳朴、忠厚、善良、坚韧,她让我们重新抖擞起精神,坚定了将诚信进行到底的意志。

一样的天

对于起初本不情愿下岗的女工来讲，与其说用作报告这种会议套式来讲自己显得陌生、疏远和别扭的话，不如像她们所说——是回娘家来拉拉知心话儿。

会议开始，这些风风火火闯市场的女能人们，一时间那样肃穆、拘束。

"当时怎么想的，后来怎么干的，就这样简单谈起吧!"娘家人慢慢开导着。

她们像游子懵然回到家中。

遥想当年，开始，一个个泣不成声，思绪一旦进入往事，九曲回肠的那些艰辛与苦水浸透的色彩斑斓的故事，像百川纳海汇成了一首激荡人心的委婉壮歌，一幕幕痛苦与幻想、失望与企盼、艰难与奋争、辛酸与成功，搅起了她们内心的五味瓶……那些写在自己里程碑上的委屈、失落、迷惘、彷徨、哀怨、沉思、奋起、坎坷、坚韧、欣喜……的动人情节，"想象不出，竟然是我们自己青春的真实生动的写照!"

——惊回首，她们情不自禁，声泪俱下。

八女道情,可谓翻江倒海。她们用女人特有的描白的语言,像女儿对母亲娓娓低述着似乎只有女人才能读懂的时而跌宕起伏,时而五彩缤纷的艰辛与成功。一句句真挚动人,一声声充满激越……

杨秀英,今年54岁。她的精明与善良揉合在一起,那饱经风霜却俨然大老板派头并富态慈祥的脸上,荡漾着回娘家的幸福。"我下海已经15年了。"说着,她就埋头抽泣。这位有着叱咤商场的巾帼老将风度的女人,在娘家人面前却显得如月似水。她那在疆内外广为人知的动人事迹使与会者百听不厌。当时只有76元月工资的杨秀英,上有老母,下绕四子,她苦了多少?累了多少?哭了多少?喜了多少?除了她自己,谁人能体会?她"发"了,可谁知她在干批发时睡在零下二三十度的车皮里?她富了,谁又能了解她本该女人休息的日子却一手扶方向盘,一手吃冷馍喝冷水,半夜3点饥肠辘辘回家的滋味?比她热心抚养18名民族孩子更感人的,比她那办敬老院资助孤寡老人和一连串像珍珠串起来的感人事迹更令人敬仰的不正是她一个平凡女人一心回报社会的崇高的人生境界吗?

刘贵莲,地地道道一位"伙夫"。这个四运司下岗的女工,开餐馆已走出了成功的一步。可让这位憨厚的女工谈自己时,她却开口闭口都在说别人,她如数家珍般地讲同志们怎么关心她,姐妹们怎样支持她。似乎她创业开始如此之难,难得连小小的女儿也帮她摘菜,难得她交不起学费那些事情,远没有别人在她心目中更重要——这种原本无意在用语意识中,始终把别人置前的文化程度并不高的女工,与那种开口闭口以自我为中心的人相比，她显得那样端庄、自然、朴实、可敬，谁人不信她内心是一片皓洁的世界？

与商海力博、精明苦干的杨秀英相比，与"下岗比在岗强，下岗可以发挥自己特长、体现自己价值"，还亮出"下岗越早，发财越早"旗帜后，说"下岗后能自立，不再低三下四求人而成为独立女性"——其大念下岗经、靠一针一线缝出来的织女陈瑞莲相比，与干了不下十个八个工种，以诚实取信取胜、打扮了生活富了自己的服装小老板冯敏芝相比，与"单位里再亏损我也是国家的人"而绝不想下岗，而一旦下岗后"宁愿在家里喝粥，也不愿在外面吃肉；宁愿在家中受穷，也不愿到市场致富"——后来"有了充实的自我"并"已走上小康"的郭锡华相比，化文君，别有一种风采，她展示的是一道智力拼搏的风景线。这位看起来眉目清秀而性格倔犟的姑娘，虽算得上是一位女才子，却更有一种敢作敢为一股劲朝前闯的"虎妞"劲。虽然她曾因委屈悄悄掉过泪，曾以仅有的 156 元工资既养自己还要关照上学的弟弟而"英雄气短"过；曾因下岗而散了男朋友而常作恶梦……这个自己在生日时只能为自己买两个小蛋糕而祝自己"生日快乐"的姑娘，靠勇气毅力考上了"吃香"的中国注册会计师，而当几个有名望的大公司以优厚报酬聘请她时，她选择了"虽然让我下了岗，但有未了情的兵团"的一家公司。

比起聪慧机敏、毅力坚强的化文君，赵勤有她独有的特色，表现出女孩温柔细致灵巧的特点。她办的新疆第一家爱婴宝宝理发中心，享誉全市，她的"中心"不仅有了电台广告热线，而且生意红火，锐不可当，前景甚好。说起她一个年轻女子撇下几个月的孩子只身闯世界时，赵勤泪流满面，半天说不全一句囫囵话，而她断断续续如歌如泣地讲述完自己的曲折故事后，她不失时机，老练地、流利地、字正腔圆、声声脆地在会上做起了她"爱婴"的广告……谁家的小宝宝请细腻灵巧的她上门理发而会存有疑虑呢?剃下的小宝宝的胎毛还能做一支精巧的"胎毛笔"作永生纪念哩!

八个女人过市场经济大海的可歌可泣的经历，八个女工共同落岗不落志，艰苦创新业的人生大戏;八个生活在我们身边的有说有笑、有哭有闹、幻想和现实苦苦缠在一起，理想和无奈相间相离的家庭妇女的艰辛与成功;八个姐妹虽然饱受挫折、历经白眼、讥笑、指责，却以坚韧、聪慧、诚信、吃苦耐劳写著的成就;八个我们面前还与有的下岗的男士女士一模一样起初在大海面前畏缩不前的"丑小鸭"，而今在尝尽咸涩的海水后，在大海的浪涛中拼搏腾飞，成为了一只事业的"白天鹅"，她们演绎了新时代八女别样动人的故事。她们不靠恩赐，不食嗟来之食，在创造中找到了自己的满足与充实，完美了自己的人格。她们不信邪，不怕难，敢于走向生活，驾驭生活，创造了生活，赢得了生活丰厚的回报;她们不是奇迹的专利人，是平凡的劳动者，平常的成就者;她们靠的是一行行坚实的脚印，一串串伤心的泪珠，一滴滴辛勤的汗水;她们不是命运的宠儿，她们创造了宠儿的命运;她们创业初期的艰难成为过去，更辉煌的道路与更艰难的奋斗等待着她们。

她们每个人都使着劲说:还有更多的比我们强的姐妹，我们有一句共同的话告诉姐妹们:开始我们不可能不怕，可我们不能只抱怨而不作为。我们开始也因下岗痛苦无比,甚至也有过轻生念头,那不属于新时代的女性!开始总是'无可奈何花落去',只要肯吃苦、肯干、敢拼,最终必然是'柳暗花明又一春',姐妹们,相信自己,会成功的。"

寻八女过海启示,不仅是她们成功的花团锦簇,更是她们奋斗中的迷人风采!

（1998 年《天山建设报》）

打工者的早晨

晨曦里,民工们一个个钻出简陋的临时搭棚,展出一幅"曲颈向天歌"的架式,伸展着战胜困倦的舒坦。他们在使劲伸臂的时候,仿佛向深幽幽的蓝天叩门,去叩醒黎明的使者。黎明的使者即刻启开了天扉大门,把一轮朝阳火热热地送上了地平线。

一天紧张的劳作又开始了。

民工们把一夜里此起彼伏的鼾声里所铸造的新一天的体力与精神,在一抹晨晖里开始释放,把阳光下金色汗水的晶莹以及多彩的施工蓝图和在一起,把石沙、水泥、钢筋、红砖组合在一起,把希望、憧憬拌在一起,在理想彼岸的挺进中一寸寸拔节,一尺尺延伸。

年轻人的瞌睡和乡恋还紧紧缠住他们不放。

在万物复苏,拱冰开河的季节里,他们已经快速地完成一项建筑的基础。砌墙的大工正仔细端瞄着每一块将上墙的砖,那红色的砖是一首凝固的红色的思索,是向往的一块,是辛勤汗水浸泡过的一块,是青春的一角,是爱情的一隅……一块块红砖的并列组合，形成了千万个红色信念的展示，是群体意识的整齐排列，于是，便形成了高楼大厦的雄姿，像蓝天下一尊红色的雕塑。

红砖在晨光的沐浴中，急切地寻觅，用以往岁月作为粘合剂，寻找未来的梦彩，把生命的青春注入每块凝重之中。每块砖都沉甸甸烫手。敲击声清脆悦耳，"当当"声悠远而深长，声声报着一日之计在于晨的真谛。满天的稀星在这敲击砖与墙的叩梦声中纷纷落尽，敲击时溅起的无数亮色火花，飞向晨雾，划破青纱。工地上由小到大，由稀而稠的大珠小珠落玉盘的铿锵之音，组成了一组属于建筑工地的晨曲，活的画章和凝固的乐章赐予每一个打工者的早晨。

早晨恰如青春，是一种热烈的托出和显示。辛勤的人们在这样的晨曲中睡醒，他们将又迎来一天的辛勤。

张松柏正站着打盹，他觉得实在没睡够。他在用水管的水为昨日的进度洗礼时，魂还在做梦之游。他的背被击了一掌，才猛地看清了水冲向了不该冲的地方以及从身旁匆匆而过的项目经理小陈的背影。

张松柏来自四川的一个县城，今年是第一次进疆打工，他是来挣钱的。"我气力小，原来硬是怕出门找活干，无奈，几个耍的要好的都挣了些钱回家过年哒，硬是有点风光……今年，我不能不来了。"他说，他目前只被安排干些零杂，但"活路儿硬不算轻。""开始，我好悔哟！"不过，他说，挣钱不能言累，他得干下去，因为，他认得原来所在的县棉纺厂，而厂已经不认得他了。他今年 24 岁了，原来在厂里干保安，好耍了几年。"好耍——硬是报应哒！"他说，他要的女娃子还在那厂档车,对他有盟,他要挣钱回去。"没有钱,拿啥子说话?"

每个早晨都是他新的开始。他要属于勤劳,因为,只有勤劳,才有生存的晨光和爱情的光芒。

张松柏紧紧抓住像一条巨蟒扭动着的水管,喷出清晨中的一泓亮水,似一道彩虹,在架构他春出冬归的彩色梦岸的长桥。

项目经理小陈始终绷着娃娃脸,倒背着手,学公司老总的样子威风凛凛地巡视工地。

他说"不能不严肃认真。"今年要求又高了,"上头抓得紧,终身责任制嘛!出了质量上的事,从上到下,一提就是一串蚂蚱,哪条腿也脱不了。有些家伙,干着干着就动心劲,不厉害点不行。"他说,他今年要保持连续两年优良品率全公司第一。他去年填了入党志愿书。

他有所透露说,上面领导看上他了,为说明此事绝非小道消息,他说他前不久还填了后备干部登记表,虽然他是打工者出身,现在 我们和他们快一样了。他说,他28岁了,吹了一个对象。提起此事,他心如刀绞,那是他大学里的同学,校花。原因是他分配到被称为"吉普赛部落"的建筑单位。这种职业,一年四季只有一季在家,春出冬归,南征北战,专去别人不去的荒山戈壁和沙漠。

第一年在沙漠公路回来的时候,提了个包在乌鲁木齐市一个车站候车,旁边有人小声议论,说他可能是从西藏高原刚回来。对象对他实行了"三不笑"主义,一见他,大为吃惊,说他信中所叙,根本没有联系"黑"这一实际;二见他时,冷淡寡言;三见他时,就亮了红牌。他说,建筑是最苦的一行,但是,世界上没有人搞建筑,就没有人类的文明。

他透露:关于他的爱情问题,最近有点"情况"了。

睡得一夜未曾有梦而被项目经理小陈踢了屁股的小陕西,腾地从地铺上跃起,刚出临棚,又被张松柏的"远程导弹"射了一脸,于是,他才醒了过来。身旁是伙伴们的嘎嘎笑声。小陕西说出力人的梦在白天,晚上"没有能力做梦,"那时间仅够"加油充电"的。

小陕西是工地诗人,写过《脚手架之歌》、《早晨的梦幻》等。他去年不慎从脚手架上摔下来过,小陈今年还是带着他,说"他是功臣哩!"他的诗只能在工地黑板报上发表。有一次,公司老总认真地停在黑板前念完了他的诗,这使小陕西激动了一天。工友们嘲笑他是"睡不醒",而诗人一般是睡不着的,睡不醒的诗,到哪里去发表呢?

小陕西憋足劲向天伸出双臂,呵出一口长长的气,那粗气里尽有临棚里二十多个伙计一夜拌和的臭脚味和青春肺腑里吐故的残气。工地大嫂已把大白馒头和榨菜汤端来,给他送来能量,给他的青春血管里注入了一上午的动能,给他工地新诗之芽浇上了水。

诗歌的白纸黑字正渐渐远离小陕西,而脚手架上建筑人的早晨那诗一般的生活意境,在为他的新诗一次次进行新的构筑。他的诗句已变成一块块砖、一把把钢筋、一束束焊花、一根根架杆、一声声轰鸣。他的诗是不断的新的凝固和组合,即使过一百年,他无言的诗还掷地有声,耸入云天。

建筑工地本没有诗画,没有电视剧中故事情节的那些般跌宕起伏引人入胜,工地就是单调、重复和艰辛。他们的劳动就那么朴素、坚实,从基础开始,每一寸增高,便有一寸的实在。他们在给这个自然界补彩文明的画卷,他们注定了是世界上需要的最结实一群,如同他们是文明大厦构筑中的一块砖或一分子。

每天清晨,我们还残留一丝倦意推窗远眺的时候,最容易看到的是映入眼帘那架杆密密匝匝包裹着的巨大建筑,那建筑工地上黄色的圆帽真像蚂蚁的头,而他们也真的像蚂蚁,像蚂蚁的辛勤和蚂蚁精湛的构巢。那步履匆匆,万头攒动的动人场面,使人想到劳碌与奉献的可歌可泣。不同蚂蚁精神的是,他们的辛勤不是为构筑属于自己的穴巢,而是天下人的安居之家。安得广厦千万间的人间美景,谁不知,最苦最累最危险而收入最少的是——打工者。

打工者把每一桶泥,每一根钢筋都和智慧的汗水融在一团,把万千人的希望在他们手中实现,于是,钢筋的骨架、砖的身躯、混凝土的血肉形成另一种灵与魂,组合起一架架、一条条、一道道、一座座新世纪的建筑物,他们留下的是青春的岁月,无限的追求,用血与汗,生命与奉献砌着一种高度、一种长度、一种宽阔度、一种包容度、一种永久……

当那些"作品"为人们文明带来骄傲和拥有以及愉悦时,打工者的一切只有苍天和大地作证……

把硬石化作水泥,水泥变作新的坚硬的凝固以及超越的强硬;把沙土变成砾晶,把细微的沙砾组合溶进水泥钢筋的密度,形成存在价值的飞跃。把泥土变成方坯,在烈火中熔炼成坚持,把坚砖砌向更高境界的挺拔……从自然向文明,从丑小鸭到白天鹅,打工者不断创造和美化生活,打工者本身也因之炼意成为磊落、高大、刚强、挺拔、永久……

阳光,为工地,为打工者镀上了一层金辉。

(2001 年《中国建设者》)

博格达佛光

是博格达佛光关照了为国争光的骄子?如若不然,在他们之前,作为泱泱大国的华夏子民,为什么数次登临而饮撼于以险峻著称于世的博格达峰下?为什么在他们之后,三位探险者在博格达峰中永远的失踪?而1981年首次登顶的日本小姐白水却功成身亡,常眠于峰下。

1998年6月底,作为前年"中国人首次登上博格达峰顶"之一,并首次在博峰发现"佛光"的新疆兵团工一师青年宋玉江,又与六位登山探险爱好者横穿了博格达峰。

我问小宋:"这次见博格达峰佛光了吗?"

他把头摆得拨浪鼓似的说:

"佛光是千年等一回啊!"

作为有佛教历史的民族,关注佛光,并为佛光披上一层神秘的面纱,这不足为怪,尤其对信徒僧人来讲,佛光有着一种神的力量。其实,佛光是一种自然现象,此现象是太阳相对方向处的云雾上出现的围绕人影内青外紫的彩色光环,人背太阳而立,光线受云雾滴衍射作用所致,人影系统阳光照射人体投影而成。

佛光虽是自然现象,但奇在罕至。据了解,我国最早在四川峨眉山顶发现佛光,称"峨眉宝光",她"千呼万唤始出来",且极不容易出来,有人说她是一种大气之光,超凡脱俗,凡人俗人及不能凌绝真正人生巅峰的人,是见不着她的,既是一往情深颇有诚意且有一定造化、赋予一定神圣使命的人,还有就是幸运并善良的人们,也得许多条件偶尔"凑齐",她才可能撩开一次面纱。有人数次登山,数日临顶为求一见,结果,云雾将神秘之光裹得更紧。为此,民间因佛光以"神"传神,佛光为四川增光添彩,也为峨眉山蒙上了神秘的面纱,一直曾为僧人游人所向往。中央电视台 1996 年春报导,在浙江永嘉县内又出现了佛光,致使当地游人猛增。至此,各时各地无闻此景。

而坐落在西部天山乌鲁木齐市东侧的博格达峰,从未有佛光出现的传说及记载,是这一珍奇天象不复存在还是未被人们发现?

答案是肯定的。肯定的答案同时告诉我们一个道理:世界上任何珍奇美丽的东西,面对为她付出艰辛的实践人们,总是"网开一面"的,神奇钟情于胆识和实践。

宋玉江以摄影爱好之缘参加了乌鲁木齐市 98 攀登博峰登山探险队。在近半个月艰难跋涉后,才到 4700 米处的二号营地。8 月 3 日下午 18 时左右,被病痛折腾的头昏眼花的宋玉江钻出帐篷,他面东背西看天气时,发现自己的影子悄然出现,且影子越变越大,他两腿的影子,在十几米雪坡上变得像粗大的水泥构件,形成一个巨大的"人"字形。随影望去,在雪坡中断处,以灰白云雾作衬的"大屏幕"上,肉眼感觉二十来米的地方,出现了一个直径大约七八米的金红色晕圈,此圈外边呈红呈紫,往里渐呈桔黄、黄色,清晰可辨出赤橙黄绿青蓝紫七色。

那个"金圈"似在云雾中跳跃着——宋玉江惊讶地发现此圈中清晰可见一个人的上半身影像,此圈与圈中的人连接着自己双腿形成的"人"字。宋玉江并不知这就是佛光,他说是"奇怪的小彩虹"。

此时此景惊呆了他,倒抽一口冷气。他是探险来征服自然的,而在自然奇特的"魔力"下,在远离人烟只有蓝天白云和陡峭冰峰的世界中,他的心在莫名其妙加速跳动。他试着举起右手晃了晃,"金圈"中的半截人影,顿时也出现臂的摇晃;他双手举过头顶再摇晃,于是,"金圈"中那影也出现了双臂的影——自己跑到那里面去了?

宋玉江赶快叫出了帐篷里休息的另外四名队员。

他们一钻出帐篷,就被眼前的景观震惊了。因胃出血病倒难起的队员唐山,也闻讯爬出帐篷一睹奇观。他们有些激动,变幻姿式看佛光,而佛光中永远只有自己的"半身影",没人别人,投影只有视者自己,也没法看到"合影"。

宋玉江他们用冰镐插入雪中,呈象征胜利的"V"字形作参照物,将相机对准佛光频频拍照,他们都与佛光荣幸地合了影。博格达似乎特别关照这些立志为国争光的健儿,让他们充分享受着佛光的映照。佛光持续了一小时,直到夕阳落尽。

在发现佛光的第二天下午6时30分和第三天中午13

时 5 分,他们分两批登顶成功,改写了中国人未曾登上峰顶的历史。中国登山协会致电称:他们创造了"中国登山史上的一个奇迹"。

宋玉江谈起登顶及发现佛光,他说最深的体会是毛泽东同志那句话:"世上无难事,只要肯登攀"和"无限风光在险峰"。他说,不要幻想有跋涉以外的"神奇"力量,因为你不奋斗,神奇没机会认识你,怎么肯"帮"你呢?佛光可遇不可求,她所以"接见"我们,是因我们已到她门口了哇!

（1998 年《体育报》《新疆日报》等）

超越博格达

没有比攀登更诱人的了，没有比攀登更能得到仰慕的了——攀登，是整个人类征服自然、征服社会的伟大壮举；攀登，作为个人来讲，是一次战胜困难、战胜自我，升华境界，意炼精神的超越，攀登，是弘扬民族精神的华美乐章……

宋玉江就是位攀登者，他的勇气，胆识，体魄在征服一个自然的高度和难度。同时，锤炼着一个青年人意志决心和追求。也许，后者比前者还重要。

翘首东望，巍巍博格达冰峰，即使是盛夏，仍向世人展示的是一片北国风光；万仞群山，呼拥着安静肃然的主峰，被新疆各族人民誉为"神峰"，被称为乌鲁木齐象征的博格达峰千百年骄傲地耸立在蓝天白云间，永远那样高昂着洁白的山峰，向人们透着威严。

博格达峰，坐落在乌鲁木齐以东，东经88.3度，北纬43.8度，是天山山脉东段最高峰，峰顶海拔5445米。据专著记载："博峰海拔高度虽然并不惊人，但登山难度绝非平常，博峰山体陡峭,西坡与南坡 70~80 度,由三个峰尖紧依并立而成,终年冰雪皑皑,世称'雪海',山峰顶部基岩裸露,岩石壁立,中部冰雪覆盖,常年不化,冰川峡谷,地势险要"……

对登山者谓之难度为"绝非平常",由此可想而难!

公元 1998 年 8 月 4 日前,12 亿炎黄子孙中,竟无一人能到达博格达峰巅,没有一名华夏儿女去揭开她那永远向民族罩着的神秘面纱。

令人遗憾的是:1981 年日本京都府登山队以百万耗资向全世界宣称登上了中国西部新疆的"神峰"。

虽然,征服自然的欢乐是人类共同的,但是,耸立在家门口的山被外国人摘冠,龙之故乡的人,怎能不扼腕叹息!

历史终于在沉寂时刷新了新的一页。因为,每天太阳从博峰升腾而起,都是中国人内心深处的一次烙热;月亮每次由博峰跃露,便是中国登山健儿一个冰冷的寒颤,他们不会沉默!

峰高自有雄鹰来

兵团建工师职工宋玉江是位业余摄影爱好者,他认为,作为一名新时代的青年人,在做好本职工作的同时,还应该对社会有更多些的回报,这就需要有本领。工作后,有了些条件,小宋就不停地摆弄照相机。他觉得,能通过自己的辛勤和汗水,用照相机把边疆的山水向世人展示,也是一种贡献。于是,他端起照相机瞄向风景。为了领略更壮美的边域风光,领略大自然的恢宏气势,加之他自幼特别喜欢高山峻岭,喜欢险峰雄姿,他就想拍摄那大山高峰,蓝天云雾的壮景。

于是,宋玉江1992年,初次到菊花台、白杨沟旅游点拍摄,结果,他感到所到之处风光虽美,却有千百人留影,生性好独好强好上的宋玉江萌发出拍摄与众不同的险景,于是,他和朋友离开热闹的旅游点,向幽幽深山进军,涉足那罕见人迹的地方。他们不知不觉到了雪线,站在雪线处,他惊奇地看到近处仰慕高峰特别异样的景致,那高大森严的峭壁怪岩,看似近在咫尺,伸手可及,而若亲临,却远非易事,这就是山高洁净寂冷处的特别之处,他被大自然慑服,于是拍摄风光照片的热情顷刻被亲临高山冷峰所替代,看到远山高峰的安静与沉稳,看见这之最的雄奇险峻与纯净秀丽的完美结合,看到山鹰安详地临高展翅,他的内心开始震撼,一种更深刻的美在他心里涌动,他开始特别崇拜山峰。当他理念仅仅升华在一种"大概念"的追求时,他在逐步涉高,当他翻越了另一山峰后,他惊呆了——啊!熟悉的博格达峰就是它吗?在高耸在乌鲁木齐东部的高高的冰峰就是它吗?他简直不能相信他看得是幻景?还是他在幻景中?

在他眼前,突然别有洞天那样一片开阔,在明净的蓝天作幕的映衬下,博格达峰与蓝天似乎就是贴在自家明净客厅里的一幅巨画,感觉是那样眼近而跨两步就伸手可触。而客厅之画景根本无法相比的是,眼前这实景太大,又让你真真实实感到是那样宏大遥远,这遥远与近,宏大与细致的面临,只有身在此处方可领略的!一尘不染和悄然无声的一幅巨画展开于他的眼界，博格达峰上的冰债岩影清晰可辨——这不是山！是一种意境！是一种震撼心灵的伟大力量的蕴含！他一直惊呆地正面与博峰如此默默交流着，直到夕阳西下，褐色的山群截然分明地与博格达主峰分割开，而雪白的博格达峰在夕阳余晕照射下，宛如整个山成为燃烧的火体，金黄通红于细微变幻之中。

博格达在燃烧，把一腔热血之能迅速传递到这位华夏儿女身上，他的心也在燃烧，他面对金色的博格达，面对主峰的突兀、辉煌、挺拔、广远、气派，他下了决心，用自己的双足，光临博格达峰顶。因为，他是一位热血青年。在雪峰下，第一次真切地认识到自己的渺小，而第一次鼓起了更远大的志向。

人与自然交峰，在灵魂深处看不见的搏斗中，顷刻间能决定胜负。罗斯福有句名言："我们最引为恐惧的就是恐惧本身"。但凡名山贵川，都有僧藏。据说，人自成为人以来，都为大山高峰所惧，深山中似有超乎人力量的所在，所以，即使是刚强，也要祈求于高山的庇护。再者，人到高处，"会当凌绝顶，一览众山小"——虽是伟人气概，而平常人于绝顶，首先被震慑，其次才决定归顺或挑战。

小宋是新时代的青年，他理智地发现了自然的伟大，同时，又理智地选择了挑战。

于是，1996年6月，他作了简单的准备，和好友庞曙新就匆匆向他向往的地方奔去。

那一次，他已涉足4800米处，按说，他如此简单的装备，能登上如此高度已属不易，但是，对于登山者来说，只有成功与失败，没有原因所建筑的空有的遗憾和解说。

他失败了。此刻，他明白了，仅有热情是不够的。虽然他怀有满腔热血，虽然他踌躇满志，虽然他为"中国人争气"的激越之情如此烫热滚沸，但是，征服自然，本身也是被征服，是一种科学。意气用事，实为令人同情而无实效。他才认识到要按规律办事。博格达峰所以被登山界划为禁区，之所以中国队原来没有取得成功，其中有许多原因，一是博峰气候变化无常，地理构造复杂，二是登山条件是必需的。登山是一项集体活动，日本队之所以登顶，仅他们使用的绳子都价值十几万，都是必需的，而日本队的代价是牺牲了一位年轻的白水小姐。

看来，无限风光必然造就无限艰难，无限艰难对于勇者，必然会造就"苦尽甘来"的坚韧不拔的品格。挑战，本身就意味着艰难。艰难之处本具风采。

掀起你的盖头来

宋玉江像一只单飞的雄鹰，他找到了鹰群，和他们一道飞向自己的梦想。

他找到了乌鲁木齐市登山协会。在这里，他认识了会长英刚，队长王铁男等同志。他们为他提供了许多书籍，让他了解登山，了解山，学习气象和登山技术，大家都非常热情地帮助鼓励他。

终于机会向着有准备的人来了。登山协会今年组成了：

98 攀登博峰登山探险队——他成为了一名队员，与鹰群成阵，于 7 月 18 日正式飞向博格达峰。

在环球大酒店举行的来自国家登山协会和自治区、市登山协会与各界人士的盛大欢送仪式上，不见宋玉江的影子，因为，他作为先遣队员，已与其他 5 名同志先前赶赴沿路扎营探路。

从踏上征程开始，小宋的心情就十分激动，因为自己的愿望终于有可能实现的机会，乘着自治区武警部队的专车和车上武警战士及社会各界援助的食物用品，以及看着同行的兄弟们亲切的面容，他感到一种集体的力量和温暖，以及深深感到这种力量和温暖所带来的沉甸甸的自信。

他的心情也十分复杂。望着越来越近的远山高峰，他在一步步远离亲人、同事和家。这次参加探险登山，他是瞒了家人的。

他父母是不会答应的，如听说他去冒险，他们会日夜牵肠挂肚，所以，他没有告诉父母。也没告诉近在乌市的姐姐。哥哥虽然反对，但无奈他的坚决，只好与他一道瞒着家人。爱妻就别提那提心吊胆劲儿了！结婚才两年，他们还没有孩子，本来说好的，都好好干上几年事业再要孩子，谁能阻拦他频频要去探险登山呢？妻子是不肯允许的，但是，登山人都属"犟牛"的，他还是选择了冒险。

冒险，探险，有人说是我们这个民族的弱项。我们不太善于去干那些冒险的事情，而时代需要亢奋的进取精神，信奉创新意识。不少单位不少人以"敢于争先，开拓进取"为精神，这也是兵团和建工师的精神，而这种精神何以体现在具体的事与人上呢？宋玉江虽然是个平凡青年，他敢于冒险探险，为的是攀登高峰，为国争光，这难道不让我们一些唯唯诺诺，胆小误事，从不敢做事，直至不会做事，而明哲保身的人汗颜吗？如果都寻求所谓"稳"，"稳"的一丝不动，最后，连改革也推及不动，那样对事业有何益处呢？其实，那是看似谨慎已待工作，实属万全为已之策。

对此，我们才要特别赞扬宋玉江的这种不怕艰险、勇往直前的拼搏精神，他是兵团和建工师精神的一种具体体现，虽然是个人的体现，却是一位身体力行的实践者。

他想到了许多，但最重要的，如同战斗一样，战前所思所想，而战斗打响，就须全身心投入于战斗之中。

山上山下仿佛两个世界，城市的喧嚣和街上车水马龙情景以及亲朋好友的笑脸，似乎顷刻间变成了冰雪山石和冷丝丝的寒气。眼前具有冰与雪交融，山与山的冷寂；耳边，风啸不止，四周一片云雾，天晴下来，一片寂静，静的怕人，那种静无人息的高山感觉，使人容易感到自已的孤独，似乎真实地感觉到一种与世隔绝的虚与慌。

山峰，就在眼前；身后，是无穷无尽的浓雾翻滚；远山在呼唤，他们只有一个信念，向前，向前！

第三天，他们几人经反复周折才到史公河畔，已是傍晚七八点钟矛，但是，他们还没有找到营地。天又拉起了大雾，尽管天放晴时，营地设置就在百十米处，但因为有了雾，能见度很低，却找不到，怎么办？按说，是不能轻易在冰川上扎营的，那太危险，但此时无奈，他们便扎起帐篷。当晚，小宋他们都吃了油腻的饭，又受了凉，都闹肚子。要知道，进入高海拔地带,吃喝睡都是大事,关系到你能否有持续的体力,所以,他们都在一夜闹肚子折腾中生自己的气,都说"出师不利"。可以想象,疾病对登山人来讲是何种压力! 说白了,登山,直观来讲就是躯体的上升,而躯体在零下二三十度气候下,还要攀登 70~80 度陡峭冰坡,体力就等于登山! 就是其结果! 何况有"七尺男儿,不怕天,不怕地,就怕一泡稀"的民间说法。

好在他们带了药品,也特别有效果,他们第二天就基本没事了,疾病的阴影暂时像雾一样飘开了。他们就收拾行装,踏着坚实的步子,到达了 3650 米史公河源头,接着,他们就把一号营地设在了 3800 米处。

他们开始逐寸拔高。在 3800 米至 4800 米近千米的高度上,是登峰中一段较长而险象环生的路程。他们早闻博格达之凶险,而他自己虽然已"初生牛犊不怕虎"。在 1996 年 6 月 18 日到了 4800 米处,但冰川就在脚下时,寒风瑟瑟,飞雪扑脸。每道冰缝就像是张开的吞噬人的凶猛大口。

雪峰上永远没有路,每一次踏入都是新的开拓。天阴时,浓雾裹着他们,他们你一声我一应地凭感觉往前走,谁也不愿意看脚下和旁边是什么情景,当雾流时现时退时,脚下不远处,随便一瞥,就叫人可以生出一身冷汗。宋玉江算是个大胆的小伙子了,他事后谈到沿峰脊逐寸逐米而上时,有次他看了眼旁边——那底黑处是冒着蓝烟的无底深渊! 可以讲,稍有不慎,精力不集中,就可能葬身峰底。

他们戴着皮手套的手紧紧握着冰镐,一遇险情,就靠钢镐扎。北京同行的队员说:"有雾最好,反正看不见险,就那么登得了。"说看不见更远，也就看不到更险，心理压力会小些。

他们本来打算在 4800 处设营，但路太险，只好退在 4300 米扎营，而所谓扎营，小宋说："只是在看见在一片冰的情况下，偶见一块拳头大的岩石刺出冰层，这就是扎营支帐篷的全部支点，帐篷一面靠这块岩石扎住，而三面都处在陡壁之边，可谓"空中楼阁"，却是冰崖"吊楼"，任风雪袭击。

宋玉江出发前就被列入登山队主力之一，一是他体力不错，二是他曾有登上 4800 米的经历，有高度体会，对地形气候有初步认识。所以，每次探路扎营，小宋总是头一个，从 3050 米大本营开始，他就背负三十多千克重的物品走在队伍前头，尤其在坡度越来越大的情况下，打头阵的人最累也最险。打头的人开路时，无绳可依，全凭自己的力气，借助冰镐扎锥，一寸一寸在 70～80 度陡坡上登高，扎住锥，稳住后，就放下绳子，下面的队员依绳攀援。由于小宋连日劳累，到 4300 米时，体力消耗很大，又再次受了凉，一下子觉得四肢疼痛无力，脚下软绵绵的，眼前一片金花，脸也烫得很厉害，接着便是恶心呕吐，嘴和下颚发木，手也开始麻木，他明白，这已是高山综合症状。高海拔得病与在平常环境下得病是两码事，比如一旦得了高山肺气肿，在五六个小时内如果不降低高度和用药，人就会死亡。

宋玉江倒下了，不仅身体支撑不住，更重要的还有心理压力。他很紧张，在那感觉远离人世的地方，听着帐篷外尖厉的风啸和感到随时可能掀翻的帐篷顶，他的内心十分痛苦，他以为自己不再能站起来，不能完成自己肩负的使命，大概是不能登上峰顶了,中途夭折,对于一个登山爱好者来讲,是多么大的打击!

他躺在寒冷的帐篷里,难过地落了泪。他想到,自己这次出来多不容易,怀里揣着印有"工一师宏强公司"的鲜红大旗,耳边响起陈猛经理的嘱托,他肩负着工一师广大职工的期望,他也是兵团248万职工中惟一的登山队员。因为他此次是用生命冒险,当登山队总指挥张玉芳把他领到工一师领导那里时,他清楚地记着领导对他信赖和鼓励的目光,而且,他知道是陈猛经理全力支持促成此事,在其他队员不能比的情况下,他得到了组织上的关怀鼓励,陈经理和公司的同志们个个为他壮行,对他寄予希望——"我不能就这样倒下!"小宋暗暗命令自己。

他几次试图咬牙站起来,但是,疾病本身也是一种自然力,需要坚强毅力的同时,还需要科学才能征服。首先,摆在他面前的是吃。只要能吃进东西,才能产生热量能量,否则,再坚强的决心只能与软泥般身体相伴而与事无利。然而,他确实咽不下去东西。他们这次登博峰是由武警方面提供的支援,其中压缩饼干和肉罐头是他们的主要食物。连续吃了十几天后,小宋回忆说:"当时不要说吃下去那压缩饼干和罐头,就是谁讲一句'饼干'、'罐头'之类的话,都能马上引起我们胃中酸水外冒,就恶心。"下来后的一次,几个登山队员在一起说:登山队员在山峰上也有"紧箍咒",那就是谁只要念一声"肉罐头""压缩饼干",队员们个个头像炸了一般痛。

但是,战胜自我也是一种攀登,吃不下去也要强迫自己吃下去！只有像上甘岭英雄们在没有水的情况咬干饼干一样，吃饭，是战斗任务。小宋发狠想："我必须坚持登顶，只有登顶，才能不辜负领导和同志们的期望，才能回报亲人们的盼念，才能为国争光，为兵团争光，为工一师争光，为宏强公司争光。所以，必须吃，吃！"

宋玉江毕竟是男子汉，他忍着头昏、头炸般痛和一股股翻涌的恶心——他一口口咽着压缩饼干，他吃了药，坚持休息睡着觉。他想着明天，明天。到了第三个明天，他才觉得轻松了一些。病了三天虽然使他身感乏力，但只要能站起来，他就要向前！

他庆幸自己在登上自然峰顶之前，先登上了意志之顶，登上了战胜自我的境界峰巅！

他们重新结组，因为，通过几天的攀登，36 名队员到了此时，只有八条汉子尚能挺立。他们做好了准备，成为此次登峰顶的突击队员。

大本营向他们发出了突击登顶的命令！

山上的时间非常金贵，有时，一阴就是好几天，什么也干不成，只能在高山宿营冰冷的帐篷里听风吼起伏吃压缩饼干，山上的雾也来去无定势。据登山史册记载，自然界经常给社会人出一些极难的题目，比如，对于登山，就有一种奇怪的自然现象，至今人们难以解释，那就是：人到天阴，人来雾来。而人马未曾光临时，天晴山净。在他们结组向峰顶准备发起突击攻打时，天气开始频频作难，一会儿大风，一会儿大雪，一会儿浓雾弥漫。古人云："天降大任于斯人也，必先苦其心志，劳其筋骨，饿其体肤……"看来，小宋他们越

116

是临近峰顶时,老天爷越是花样翻新地考验着他们的毅力、意志和体魄。

他们在恶劣的气候下,认真做了分析,认为向上攀登的条件虽然不全具备,但有可能。山越来越高,峰越来越陡,冰越来越险,雾越来越浓;在这中最艰难、也是最有希望的时刻,他们浑身涌动着热血。

地形复杂,他们按结组又开始前行。在云里雾里前行,脚下冰雪无常,登攀过程十分危险,最陡的地方80度,几乎已成直角攀登,队员们每向上挪动一寸,鼻子就须与坚硬冰岩碰撞一次,甚至,冒热气的鼻子与冰岩碰在一起,都有一种"支点"的安慰。

上面是雪峰云雾,脚下是什么,不能去看,也不敢看,也看不到。只有一个信念,峰顶在上,向上,向上……

由于博峰坡陡冰硬,又不规则,冰与雪结合无序,每前进1米,都要求队员严谨小心,一丝不苟,如同踩入雷区,每一次挪动,都可能是一次生命危险。他们不断地将冰镐锥入冰中,靠技术、经验和判断力,把百十斤生命之躯寄托在那锃亮的钢铁之锥一个点上,思想不集中,或扎锥裂垮,或脚下踩空踩滑踩折,就会发生滑坠,人就将顺陡峭冰壁而摔入冒着蓝烟的峰底。

最危险的还有冰缝,尤其是暗裂缝,人走在上面,哪怕只是偏离一点,都可能掉入陷阱般的恐怖之中。暗裂缝大多深不见底,人掉下去即使摔不死,也肯定是昏迷不醒,等不到人醒来,可能已成僵尸。暗裂缝上宽下窄,人掉下去就会被卡住,动弹不得。裂缝宽有几米,窄小则几厘米、几十厘米。1981年日本京都府登山队白水小姐，就是不小心滑坠于冰缝之中。看似很窄，下端大小不规则，直弯无定度，白水小姐下去后，估计有20～30米深，虽然可清晰听见她的呼救声和嘤嘤哭声，据说，跟队的日本医生见状已无奈填上了死亡证书。

结组的目的就是互相照应，一旦谁不慎滑坠，其他连接的队员只要吃住劲，就能把滑坠者从冰崖或半坠吊空中拉回来。

宋玉江他们这次登峰共发生了12次滑坠都有幸避难。宋玉江本人曾有一次滑坠被队员救起，否则，他说，他将与博格达一同永垂不朽了。宋玉江曾三次救助滑坠队员，其中广东经济开发区区政府团委书记邹志强两度滑坠被"救命恩人"小宋救起，就此，他们成了生死之交。

"当你投身登山运动的时候，你肯定已做好了面对死亡的准备。而登山运动的实质，就是生与死的边境线上，达到生存的极限和生命潜能的顶峰，那是无比辉煌的顶峰，是对生命的伟大超越。"登山者是一种对伟大的崇高和神圣的崇尚，他们视死如归的举动，也许在俗人眼中为大惑不解，谁不珍惜生命呢？不错，而生命的价值呢？这便是庸俗者永远难以越过的界河。我们这个时代需要的就是崇尚崇高和神圣，与其相比那些以萎靡、涣散、庸俗和败坏成为时尚的人，如同高山与低沟同在而为人所不同评价，而人须有价值观。

他们不是不懂生命的可贵，而是在追求，在奋发。他们顾不了更多，他们开始突击登顶。

这里值得一提的是，在山下本来同行的台湾资深的登山队员,看见小宋他们如此攀登说:"不可思议!简直疯了!"他们的工具与行装,是比港台和外国登山队员相差甚远,但是,他们就是凭借勇气和力量,让国外的和港台的登山队员刮目相看,伸出大拇指。

在突击的搏斗中,他们互相领略着登峰才几天就黑黝黝而透着红的脸膛,看着他们鼓鼓囊囊的衣着,他们目光每一次碰撞,都迸出自信的火花。尽管台湾队在 4300 米处就敬而远之分道扬镳了,但是,他们却始终坚定着信念。

成功往往需要再坚持一下。越是临近成功,越是艰险无比。小宋喜欢毛主席的一句诗:"无限风光在险峰"。此刻,他正为无限风光而攀登在险峰上。平日里,在乌鲁木齐看到总是有晴空的博格达峰,不知怎的,那几天如此多风多雨多雪多雾。他们中又有一个叫唐山的队员饮撼病倒了。峰顶越来越近,目标即将到达,成功已在招手,而最后的里程总是最难以跋涉的。

在 5080 处,坡度仍在 55～60 度,回头一看,4700 米营地仿佛近在鞋帮子边,清晰可见蚂蚁般人影,远处,河山甚美,烟云缭绕,好不壮观!站在高处,仿佛一切尽在胸中。小宋他们决定一举登顶,把五星红旗插上天山东段最美丽的最高峰。

然而,时间已晚,他们在 5200 米向大本营请示登顶时,已是下午 17 时,上顶,是完全可能的!这是 1998 年 8 月 2 日的下午。只是上去需要 4 个小时,下来必不可能,而绝不能在峰顶过夜,那上面说不定来一场飓风刮走他们,或者零下二三十度气温冻死他们,或者被冰雪埋葬,峰顶蕴藏着很大的危险。大本营要求他们立即无条件返回4700米三号营地。对讲机里传来大本营张玉芳总指挥坚定的声音："登顶不能比你们生命更重要"！登山如军事，登山队员如兵，军令如山倒，服从命令也是一种自我的战胜，虽然"峰顶唾手可得"——宋玉江遗憾地说。但小宋又说："登顶固然是全部攀登的目的，但最终还应该是体现和锻炼人的一种精神，一种品格，而这种精神包含着集体、国家、团结协作等深刻含义。"

接着，因天气情况和命令，直到第三天清早一看，天气还是不行。气候，决定着登山者的命运。

天气瞬息万变，雪越下越大，中午1点，他们等不住了，峰顶就在前面而有所不能，那滋味真无法形容。小宋和队员们就冒大雾开跋，他们喊一声，应一声，靠绳索感觉互相照应着向峰顶挪进。这时，队员杨立志牙龈出血，按说是不允许登顶的，但是，这个和小宋一样登顶心切的小伙子流着泪央求他们瞒了大本营。宋玉江其实体力也消耗很大，为了登顶，为了救命，他命令自己坚持住，他抠着一点一点压缩饼干，强行塞到嘴里，捧一捧雪粒灌下去，就这样艰难地攀登。

在攀登路上，从话机里得知8月3日宿在5080米冒险未下来的王铁男队长和张东，于8月4日下午16时30分登上了峰顶。这无疑是一支兴奋剂，如电打一般，宋玉江一行6人来了劲头。

王铁男，一个个子不高，始终荡漾着坚毅沉着的真正铁男子。去年，他攀登博峰是休克后被抬下山的，今年，按说不让他上的，然而，为了打破中国人未曾登博之顶的纪录，王铁男把生死抛在脑后,这个队长,也是小宋他们最有说服力的榜样。

热血,似乎使小宋明显感到在周身奔涌,他们奋不顾身向峰顶冲刺。

此时,绳子用完了,登峰,全靠绳子,国外、台湾的登山队员登峰就是靠绳子打结,一步一步以无数个"Z"字形结构慢慢上攀的,此时,雪坡坡度仍有40度,仍在很大危险,宋玉江和邹志强就只好弃绳而进,甩开膀子向峰顶冲锋。

这时,出现一个插曲,当宋玉江喘着大气登上两个雪坡后,纵目后看,群峰正时隐时显,他以为到达峰顶了,他欣喜若狂地向大本营报告了这一消息。然而,大本营再三落实,正好,云雾像一道神秘的门慢慢向宋玉江他们启开了——宋玉江才发现虽然不远,但须再行百十米,才是真正的博格达峰顶!在距峰顶似乎几步之遥的地方,燃烧着他几年来的希望!那希望之火,已向他敞开了宽广的胸怀。

真正到了峰顶,似乎历数了应有的"劫难"那般,希望与目标,是那样慈祥厚爱!"天界"似乎豁然开朗!距峰顶的短短的百十米,已不再是攀登过程中的"凶险",而是厚若棉絮的慢坡,博格达为中国人垂着的头盖又一次被揭开!

他们终于登上了博格达峰顶!

时针指向13时零5分,也就是说,在宋玉江12时10分上去后,到最后一个登顶为止,便以此时间为准。因为登顶是集体行为,不是以个人时间来确认的。

确认后,他们6人突然一下互相拥抱欢呼起来,流出了热渗渗的无尽的泪水。男儿有泪不轻弹啊!此时不流何时淌？高峰热泪,何等的价值！

他们马上忙碌起来,开始照相,留痕迹。他们首先展开鲜红的国旗,让国旗自豪地在峰顶飘扬,接着,他们把签有36名队员名字的登山队旗和一听完整的红烧牛肉罐头——罐头盒子上刻上了36名登山队员名字——他们此刻想到,没有全体队员的协作努力,没有大本营的努力,他们何以登顶呢？他们兴奋地用队旗裹上罐头,在峰顶最高处挖了个40厘米以上的冰雪坑,庄重地予以安置。接着又忙着互相照相留念。有的队员将家人照片和女朋友信物示出,以示同到了灿烂的峰顶！

两个半小时后,他们接到了大本营的指示:迅速安全下撤！

超越峰顶显风采

博格达峰依然高高耸立在乌鲁木齐市东部,而新疆各族人民和全国人民在像以往仰望他那雄姿时,内心多了满足和荡漾的自豪！因为,那座属于我们的山,如今,不仅仅属于我们,更被我们的骄子征服。

他们是:王铁男、张东、宋玉江、英刚、杨立志、邹志强、董务新、吴新刚。

巍巍博格达峰应该说在公元1998年8月4日至6日第一次醒了,那千年的面纱终于向祖国人民揭开,露出了英俊无比的尊容。而博格达峰从此不仅以那自然的奇旎风采使中外游客倾倒,更重要的是,博格达峰从此驻足了一种中华民族的精神,一种拼搏向上,不畏艰难险阻,百折不挠,勇往直前的民族精神,这种精神成为博格达峰真正的脊梁。为此,我们再看博格达峰时,他似乎更加潇洒、挺拔、气宇轩昂,更显铮铮铁骨,屹立在祖国边关,成为民族心中真正的"神峰",博格达从此是一座"活山"!

宋玉江他们登上博格达峰顶后,被我国登山界称为中国登山史的一个奇迹,当外来登山队畏而放弃登峰时,在称他们是"全世界都找不到的敢死队"时,问他们登顶可以赚得多少钱? 他们笑着回答说:"我们是为中国人争口气! "

新华社以 43 种语言向全世界播发了这一消息,国家体委、登山协会发来了贺电,1998 年 8 月 20 日新疆举行了声势浩大的庆功表彰大会……

作为中国人、兵团第一人、工一师第一人首次登上博格达峰顶,我们为之骄傲和自豪! 因为宋玉江本人实践了一次克服艰难险阻对自然的征服,同时,我们看到的是兵团和工一师精神在职工身上的充分体现。我们面临着工作和生活的多重山峰, 重要的是我们正实践于社会主义市场经济的关键时刻,我们将以何种姿态去攀登? 无疑,宋玉江的具体行为给了我们一个很好的启示和鞭策。

国家登山协会副主席、新疆登山协会主席著名登山运动员曾曙生说:"勇于登山的人,工作中也会有顽强的拼搏精神。"宋玉江是一位勇于登山的人,我们希望他在今后的工作学习、生活中依然表现出顽强的拼搏精神,我们需要这种精神,这种精神不仅能登上博格达艰险之顶,更能超越任何顶峰!

毛主席诗曰:"世上无难事,只要肯登攀",我们都应该是敢于攀登的人。

(1998 年《中国建设者》、《建筑时报》等、1999 年获建设部建国五十周年征文一等奖)